蔡澜作品自选集　卷十二

蔡澜　著

红烛琐帐

生活·讀書·新知 三联书店

图书在版编目（CIP）数据

红烛罗帐／蔡澜著. 一北京：生活·读书·新知三联书店，
2017.1
（蔡澜作品自选集）
ISBN 978-7-108-05594-1

Ⅰ. ①红… Ⅱ. ①蔡… Ⅲ. ①杂文集－中国－当代
Ⅳ. ① I267.1

中国版本图书馆 CIP 数据核字（2015）第 284789 号

责任编辑　唐明星
装帧设计　蔡立国
责任校对　安进平
责任印制　徐　方
出版发行　**生活·讀書·新知** 三联书店
　　　　　（北京市东城区美术馆东街 22 号 100010）
网　　址　www.sdxjpc.com
经　　销　新华书店
印　　刷　北京隆昌伟业印刷有限公司
版　　次　2017 年 1 月北京第 1 版
　　　　　2017 年 1 月北京第 1 次印刷
开　　本　880 毫米 × 1230 毫米　1/32　印张 9.875
字　　数　191 千字　图 16 幅
印　　数　0,001－7,000 册
定　　价　38.00 元
（印装查询：01064002715；邮购查询：01084010542）

三联版总序

最初写作，是将过往的生活点滴记下，已是三十多年前的事。在报纸的专栏写了一些，终于足够聚集成书。倪匡兄说："也好，当成一张名片送人，能写出一本，已算好的了。"

每天写，不断地努力，不知不觉间，书也出版了两百多本。如今看来，其中有些文字已过时，有些我自己不满意，也被编入书中。

认识了汕头三联书店的李春淮兄，他建议由三联出版我的全集。我认为与其出版全集，不如出版自选集，文章是好是坏，自己清楚。

与北京三联书店的郑勇兄谈妥，以《蔡澜作品自选集》为题，计划每辑四册，总共出七辑二十八册，收录这三十多年来的文章。略觉不佳的，狠心删掉；剩下来的，都是自己觉得还过得去，和大家分享。

此事由李春淮兄大力促成，书面市时，汕头的三联书店已经因购书者稀少而关闭。特此以这集书，献给他。

蔡澜

2012 年 11 月 22 日

目　录

抵达马尔代夫

为什么要去马尔代夫？

第一，快要沉陆，再不到此一游，恐怕没机会，但这事即使发生，也可能是五十年后的事。第二，世界上剩下那么干净的海，恐怕也只有大溪地和马尔代夫了，其他一些偏僻的小岛也许有清澈见底的海滩，但从酒店设施的角度来看，马尔代夫还是首选。

先搞清地理环境，怎么由香港去？我们这回搭乘的是马来西亚航空，由赤鱲角飞吉隆坡，三个半小时。再由吉隆坡飞马尔代夫最大的一个岛，英文名叫 Male。

其实马尔代夫是澳大利亚或新西兰等土音甚重的人的称呼，当地人不那么发音，叫为"马尔蒂夫"，才是正宗。

简陋的机场中，海关人员见我填的表格只写上"四季酒店"，便问我："是哪处？哪一家？Kuda Huraa 还是 Landaa Giraavaru？"

得写明，不能纠缠不清。

在行李检查处，一位带威士忌的团友被扣住了。原来马尔代夫是一个伊斯兰教国家，其他伊斯兰教国家还有其他宗教，但马尔代夫的人口百分百都是伊斯兰教徒，禁止喝酒。不过海关也不贪心，不没收，给了一张收条，等你回来时取回。

出来，一阵清风，三月的天气还算好，不太炎热。大岛马累没有什么可看，走几步就到码头，一艘"四季酒店"的大游艇等着我们，浪不大，三十分钟后抵达目的地 Kuda Huraa。

从太空望下，马尔代夫像一个感叹号（！），由一千一百九十个岛组成，下面的一点是另一个较为大的岛。

全部面积加起来有九万平方公里，酒店建在岛上，一个岛一间。和香港地区有三个钟头的时差，但"四季酒店"为了让客人享受更多的阳光，将时差缩短一个钟头。香港十点，这里就为八点。抵达时已是深夜，胡乱吃了一顿，翌日再仔细看。

（马尔代夫之旅·一）

海
的
颜
色

一大早起身，对着落地玻璃窗写稿，最初望到的是一片漆黑，接着外面开始清晰起来，分海洋的深蓝和天空的浅蓝。

云外透出黄金的镶边，那个方向，是太阳升出的地方吧？

金云扩大，一下子染成红色。罕见的大鸭蛋式的太阳跳了出来，起初连海面，接着断掉，像宇宙中的另一个红星球。

海变成红色，只是很短暂的几分钟，接下来完全变掉，原来可以有四种颜色的。在最前方的是白色，远一点翡翠色，再过去碧绿，最后为蓝色，蓝得不像存在于这个世上，只出现在发狂画家的油彩板上。

来到马尔代夫，看到这个海，已不虚此行。

怎么海就在脚下？那是游泳池，没有隔边的设计，把海接连起来。

酒店工作人员起得比我还早，已用竹耙将昨夜冲上沙滩的杂物打扫得干干净净。

这些景色令我着迷，接着的那几日，我每天都在同个时候望天看海。情景大致一样，但有时下着小雨，太阳一出就停了。有时也刮起风，卷着浪，但印度洋没有像太平洋那样的台风，这里吹的是柔和的季节风，有个俗气的外号，叫"贸易风"，不如英文的 Monsoon 好听。

一排排建在浅海中的旅店房间，是从马尔代夫开始才有这种设计的，住在那里可以一下子跳入海游泳，但半夜强流经过，睡得并不安宁。

我们入住的岛上每间房屋都有私人沙滩可以享受，是高档次的。整个岛很平坦，用白沙压扁而建，上植树木，白与绿二色相映，极为清爽。

好几个餐厅，吃的是西餐、印度菜和中餐，师傅也有些是马来西亚华人，工作人员亦是，用粤语沟通无问题的。

但因它是一个靠近斯里兰卡和印度的国家，我会推荐大家吃印度菜，最为正宗，意大利菜不太像样。因为是伊斯兰教国家，中餐说什么也不好吃。

（马尔代夫之旅·二）

　　马尔代夫的"四季酒店"有四十九间别墅，管理人员则有四百人。养活四百个人的大家庭不易，这么算，不会觉得太贵。况且一切食物和饮品都要由邻国输入，岛上可以自己发电和淡化海水。

　　游泳是主要的活动。不怕被巨浪吞噬吗？在小岛周围游泳是绝对的安全，原因是海浪打在远处，被一团珊瑚礁挡住，酒店的周围，等于是一个巨大无比的游泳池。

　　其他的活动包括坐游艇出海看海豚。此处的海豚已把游艇当成卡拉 OK 房，艇中播出音乐时，海豚就在你身边跳舞。

　　划着玻璃底的小船，或者滑浪，等等。晕船的人可在岛上练瑜伽，向大厨学习烧几味菜。游戏室中，有桌球可打，"大富翁"任借，但岛上只有一千零一副的麻将牌，好雀战的朋友最好自己带。有一个大图书馆，里面也有各种电影的 DVD 借用，每间房都有机器可放映。岛上，是不愁寂寞的。

如今，所有高级酒店或度假村，没有了 SPA 好像说不过去。这里的要乘一只小艇，行几分钟到另一个水疗岛去。一间间的小室，里面设着按摩床，客人俯卧，下面开着一个玻璃窗口，可以看到不会咬人的小鲨鱼游过。

按摩当然有好几种，泰式、印度式、巴厘式等，但到任何水疗室，一定得雇当地的按摩师，马尔代夫的库达呼拉（Kuda Huraa）那个地方，综合了印度和马来技巧，是种新体验。如果你在泰国享受过此服务，其他任何地方的都不会让你满足。

酒店经理叫胡凯利（Sanjiv Hulugalle），年轻英俊，迷倒不少欧洲游客。他亲自招呼打点，有什么投诉，即刻更正。

四天三夜的旅程很快过去，我们将飞吉隆坡，大吃中国菜去。

值得吗？值得吗？我不停地问周围的友人。大家的答案几乎一致："再也不必去次等的小岛海滩。人生在死之前，来一次，是值得的。"

（马尔代夫之旅·三）

Male 是马尔代夫的首都，也是诸岛中最大的一个。我们游该国，非经它不可。

先正名：Male，英文发成"米尔"音，是男性的意思，当地人把这个字分开成两个来读，变成 Ma 和 Le。

Ma 易读，叫成马，没问题。后面的那个 Le，大陆人将它译成"累"，其他地方的华人叫"利"，都不对。Le 字应照法文发音，近于"叻"和"勒"，但都不像，与其称为"马累"，我认为干脆叫"马厉"好了。

整个马尔代夫的人口有三十七万左右，马累占了三分之一，从空中望下，房屋密密麻麻，多是平房。

岛上最大的一栋建筑物应是警察局，高墙，防御森严，旅客一举相机，即遭当地人阻止，这里代表了权威，是不准拍照的。

一般人都以为机场设于马累，其实是它对面的另一个小岛，什么都没有，只有机场和码头，从此处，我们才能抵达各个酒店。

这回有几个小时的空闲，可以登马累岛一游。岛上居民多是印度人后裔，默默地望着我们，胆小的团友说："怎么一个个都像恐怖分子？"

我不同意这句话。我能够了解岛民对游客又爱又恨的心情，爱的是带来经济收入，恨的是这群人又来破坏天然的环境。

在一家木造的历史悠久的咖啡店坐下，喝了杯半暖不热的饮料后，就往购物街走。我们这些人，不是玩就是买，但选择也不多，当地人从前不需要土产来维生，想象力一点也不丰富，又不够原始，买不下手。

到最好的泰国菜馆 Sala Thai 吃顿饭，改变一下口味。这菜馆原来是个流落在这岛上的德国人开的，东西当然不正宗，但好过吃烧烤。

饭后在最大的度假酒店休息，竟然有喷水冲厕的设备，相当先进。

再次走去望海，真是蓝得太美。若有一天，此岛真沉没了下去，把我们这些人类当垃圾冲掉，回归自然，也是好事。

（马尔代夫之旅·完）

从马尔代夫回来,路经吉隆坡,非大吃一番不可,不是说马尔代夫没东西可吃,而是天天烧烤龙虾螃蟹,也会厌的。

先去"十号胡同",这里集中所有马来西亚最著名的地道小吃,在高级地方吃价廉东西,大家任点任吃,大开怀。

晚餐,去了"大亨酒家",是廖明福开的。我从他以前的"北海酒家"吃到现在,已成老友,被热情招待。

先上一大盘沙嗲,因为我们没时间到距离吉隆坡一个钟头的加影去,那里的沙嗲最正宗、最出名,廖明福特地派人去买回来给我们当前菜。接着来一大钵淮杞党参炖山瑞,用的是野生,特别惹味,与养殖的完全不同。

接着上野生河鱼,这回抓不到最贵的"忘不了",以苏丹鱼代替,肚子充满油脂,鲜美得不得了,苏丹鱼的鲜美度不逊于"忘不了"。

河虾也是野生的，个头很大，用烧红石春的焗桑拿方式上，我觉得只是噱头而已。一股很重的当归味扑鼻，其他的团友认为这种上菜的方式无不妥。我怕吃得太饱，只吸虾头的膏。

咖喱野山猪味最浓，中和了河虾的清淡。随着上的香茅胡椒焗羊排更是刺激。

廖明福除了这家总店之外，远在北京八达岭还开了一间叫"王帝鸭"的，生意滔滔，可见他的鸭做得有多出色。我们在香港鸭吃得多，不出奇，但也很欣赏他做的鸭三味：卤、盐水和烟熏，有些团友吃完还打包带回香港。

整个晚上，十几个菜之中，最精彩的一道叫"印度洋鲨鱼头"，那是把一尺长的一个头清蒸出来，胶质一大片一大片，像鱼肚，好吃得不能停筷，最后还抱着一大块头骨嗫吸，取其精髓，吃完大呼太好吃。

虽美味，但制作过程繁复。学会了这道菜，在香港卖，也一定能吸引到客人。

《天堂一样》

出门时忘记带书，又嫌 Kindle 重，什么读物都没有，有点心慌。

DVD 和小型放映器倒是齐全，各种未看过的片子都塞入行李。但是，到底，形象是形象，文字是文字，不可缺少的是书。

在马尔代夫时怕闷，怎么办？进入赤鱲角机场闲人禁止区，在 Relay 店闲逛。这是一间全球性的连锁店，专做交通末端生意，布满各地车站和机场，其他地方不开，也是一门生意。顾客都是被困住的，除非不喜欢看书或杂志，否则不得不交易。

书架上有多种选择，大陆客喜欢买的种种政治人物秘史皆全，我没兴趣；英文畅销小说榜上有名的，我都只是听，从不花时间看。

有了，抓了一本亦舒最新作品《天堂一样》，绝对没错。她的文字简洁得不能再简洁了，故事又引人入胜，是最佳读物，消磨时间的良伴。

这么想，完全错误。

不是不好看，而是第一晚睡在床上，两个钟头之内读完，之后就没得看。后悔，如果选的是一本《心灵鸡汤》之类的励志书，包能即刻入眠，一年也读不完。

这本新作，与亦舒早期作品截然不同，从前不沾到一个性字，现在的竟然是写一个"快乐小鸡"的故事。

女主角当妓女，后来接手高级女伴介绍所，都做得有声有色。书中出现的只有美少男和有钱有势的风流中年，看得令少女向往不已，到了最后，女主角还开了一个男妓院。

昨晚遇张敏仪，她说："一些老亦舒迷，都骂她说怎么写这些了。"

嗅年轻男人腋下又如何？忍住不伸手去触摸他们的鬈曲鬓角又如何？浑身浓密的汗毛又如何？

难道亦舒不能在精神上享受这些吗？向各位读者介绍，《天堂一样》绝对是一本能够让你很愉快读完的书。

亦师太

亦舒在《天堂一样》中，有好几句睿语，像是："中年女子赚钱不是用来添置名贵衣饰，而是为了能坐飞机头等舱以及必要时入私家病房。""天堂地狱，一念之间。谁叫你高兴，就跟谁一起，这里不好玩，到别处去，何必纠缠。"这么一说，就把《天堂一样》点了题。

反正都是幻想，就彻底地享乐吧。女主角当过妓女，不但没有黑暗的一面，也没有什么小说所说的堕入火坑，最后报应的结局。

女主角的结局，是嫁给一个从未娶妻的中年汉子，他有葡萄酒庄园，亲自驾小型直升机把娇妻载到一望无际的葡萄园中，为自己将来酿一种有薰衣草味的佳酿。太圆满了，和天堂一样。这才叫过瘾嘛！

怪不得不但把香港和海外的亦舒迷看得如痴如醉；在大陆，

她还有一群当她为女神的崇拜者，这些人叫她为亦师太。

当然啰，亦舒把他们压抑着的崇尚名牌、欣赏高级货的阴影数出来。他们向往而不敢出声的东西，亦舒老早就清清楚楚用简单的文字写了又写。

年轻人的敢爱敢恨，更是亦舒使不完的题材，一本接着一本地写出来。

最近，我在新浪网的微博上回答读者，问题多之又多，要求知道亦师太的一些行事。

问她哥哥倪匡的也不少，我知道的话，一一回答，有时烦了，叫他们去买《老友讲老友》和《倪匡闲事》那几本书。

倪匡自己也说和亦舒已十多年没有联络，他们兄妹间关系和常人不同，就是那么怪。说到亦舒小说，倪匡兄也最爱看，他说："我写科幻，可以天马行空。她写的只是两个男的一个女的，或者相反，将三个人来来去去写了几百本，真是本事。"

另一部值得推荐的亦舒小说叫《德芬郡奶油》，完全满足中年女人的性幻想。

女主角雅量四十来岁，是位大学教授，人长得漂亮，个性又随和，不但和同学的儿子睡了觉，还嫁给一个英俊潇洒的丹麦外交官，最后又有一位成熟的助教来追求，但她一个也不要，浪迹江湖去也。

故事描述三个人：雅量、品藻和贤媛。

品藻很早结婚，生了儿子，但丈夫车祸身亡，在最困苦的时候，全靠雅量帮助。雅量不但把所有的钱都拿出来，而且把时间都花在照顾品藻的小儿子身上。

贤媛也嫁了人，女儿长大，她和丈夫同床异梦，最后也离了婚。

只有雅量永远单身，不喜束缚，不喜孩子，一直享受她的自由。有一天，雅量遇到一位年轻男子，她看到极薄的白衬衫底下，他强壮的胸膛，乳晕清晰显露……

事前不知道，原来他就是雅量从小抱大的品藻的儿子。

亦舒对男人的毛，似乎有无穷的迷恋，小说中出现了又出现，尤其是谈到外国男子，都形容他们宽圆肩膀上布满雀斑，汗毛闪闪生亮……

对中国男子的毛，则说浑身肌肉强壮有力，全身体毛从腮边一直燃烧到胸前，然后一条线般汇合，伸延到小腹……

书中当然不缺少亦舒的精辟之语，像：

"离婚不是图另有出路，离婚是想脱离叫你痛苦的人。"

"华裔女性实在压抑过度，连'爱情'两字都不敢提……我们糟蹋了青春。"

"男女在一起，不是结婚就是分手，没有原因……"

"再好的女子一结婚也变怪物，因为生活逼人，她们变得锱铢必较，因为要维持地盘，变得妒忌恶纠……"

"趁年轻，疯疯癫癫爱他数场，老来，六十岁了，可以坐在电视机前咀嚼错在什么地步，或者讪笑过度热情少年的我，只是爱上爱情本身。"

《世界换你微笑》

连续发了几篇关于亦舒的新作介绍后，许多亦舒迷传来电邮，说俗事缠身，离开了亦舒小说已有一段日子，要求我多介绍几本。

好呀，反正最近我看得多，两小时一本，已是生活的一部分。她一共有二百七十册，我可以一直跟着书目看下去，连旧作也一块重温，一乐也。

其中有一本很好看，叫《世界换你微笑》，讲的是一位成功的女作家，因为爱上一个有妇之夫已经十年，离开了他之后身心疲惫，生活颓废。书上说："看着纸笔，恐惧突生，越放越大：天啊，怎么写得出，写什么题材？天下百行百业，竟会选择写作，太可怕了！"

一切当然是虚构，亦舒本人的写作极有规律：早上坐在书桌前，一定写得出，而且每天写，一日复一日，一年又一年。

女主角的书被改编成电影，她的生活起了变化，竟然有一位电影男明星来追求。她起初拒绝，后来也被他的诚意打动而发生起关系来，但打从心底，她知道自己没爱上他。

　　那个曾爱了十年的人也离了婚，回来要求复合，又有一个英俊的探险家来追她，但女主角心已死。

　　小说最后才打开谜团，女主角的母亲忽然出现，责怪女儿把她的隐私当成题材，揭发了和另一个男子的私情。原来母女俩同时爱上一个人，他才是女主角的最爱。结局当然又是大团圆，皆大欢喜，以亦舒小说一贯作风收场。

　　书中不缺乏精辟之语，关于女人的衣着，亦舒说："你应该知道他们其实不在乎我们穿什么，只要干净得体便行，没有男人会说：'你这件一万美金的晚服叫我心动。'除非你当着他们的面把衣服缓缓除下，他们脑子里的电路装置与我们不同。"

　　当然又是一再提到男人的体毛："……这时才看到他腋下，性感汗毛浓厚黑压压一片……"

　　亦舒的新书，好像无毛不欢。

地尽头

途中，看了好几本亦舒作品，有些有印象，有些没有。最神奇的是，她的书和她哥哥的同样，一拿上手，就令人放不下来。

看亦舒的书，人物的对白除了用普通话理解之外，偶尔要以上海话来读。尤其多的，是由英文翻译。不止内容，书名亦是，像《君还记得我否》，就是 *Do you still remember me?*

有几本的故事写得相当平常，像《禁足》，说的是一个酗酒的女子，犯了交通罪，要戴上电子足镣，过程没有什么高潮，平平淡淡的叙述，但也让人能一口气看完。

最有情节的是《地尽头》，描述一个办事能力极高的女子，从月薪数千元的白领做起，一直使尽手段，成为富婆。内容充满着诡计和阴谋，一个比一个好看，最曲折的是女主角嫁给洋人贵族的那一段，读者以为顺利时，却又有意外的解释。

本来这种拜金女子不值得同情，但在亦舒笔下，安排了年老患病的外婆、无比贪婪的母亲和异父的妹妹等需要照顾，而且女主角所骗的男人都是罪有应得，使得读者不会讨厌她。

虽然在男人中打转，女主角还是深信爱情。

"我不要男友，我想恋爱。"她说。

女友丽容诧异："我以为你是聪明人，你应知道，世上并无爱情这回事。"

她坚持："有。像凤凰与麒麟，从前一定有人见过，故事才流传下来。"

其他佳句："一个人有什么意思，一堆女友更加乏味。""那些老小姐们每年往欧洲跑，不过是表示不愁寂寞，其实不如躲在家中舒舒服服看一套书。"

女主角以为她一生再也不会有伴侣，最后还是决定和她的律师男友一起过到底，他和她到过南极，地尽头。

当然，男友最后又去开酒庄，亦舒差不多每一本书，都以酒庄为终点。酒庄，是亦舒的地尽头。

区乐民设计旅游路线，问我意见，其实是半开玩笑。好，就陪他作乐一番，谈谈他的计划。

登东龙洲的卖点固佳，但区乐民始终不是旅行家，发挥不了他的长处。

既然他是医生，最好是做全港公立医院一日、二日或三日游，向团友介绍医院的设备，有什么最好的医生，专医哪一种病等，一定有大把人参加。最怕的是本来没病，看完医院忧郁起来，大病一场，不过有区乐民在，可以免费治疗。

这种团并不限于本地，可推广到台湾地区和印度去，如今此两地的医学先进，医院又愈开愈高级，收费极为便宜，是好去处。

随团的最好有几位俏护士，男人都有被穿制服的女郎照顾的性幻想，虽然做不到，参加了区乐民的旅行团，过过瘾也好。

泰国也是一个重点，普通团都是吃喝玩乐罢了，区乐民办的可以解决生育问题。那边有很多著名的医生专做人工受孕，放一粒精子生一个。要孪生吗？容易，放两粒好了。我有一个好友的儿子是这一方面的专家，可以介绍给区乐民。这个朋友甚至说有些女子可以借腹生子，若对方不丑的话，也可以进行直接种植。

当然有得搞。区乐民要办的医院团将会很成功，问题出在怎么对外宣传上。很多朋友都来出主意，但实现不了，完全是因为费用不够。不宣传没人买，宣传了又赚不回来，是一个恶性循环。

我每次看到报纸杂志上的旅行团广告，心想不知占了团费多少比率？什么旅行团都好，丰俭由人，最重要的是给客人物有所值的感觉。我的旅行团极少花钱宣传，将广告费全部投在客人身上，他们参加了认为物有所值，做的都是回头客的生意，道理就是这么简单了。

陪区乐民玩，又自我宣传，这才叫寓工作于娱乐。

吃皮鱼

在东南亚旅行，除了红灯区，能见到的无烟工业，最多的就是足疗院；由台湾地区的若神父发扬光大，造就低学位人士无数，实在功德无量，应该给若神父颁一个诺贝尔奖。

足底按摩开到了欧美和日本去，那么多间，怎能在竞争之下突围而出？有了，有人引进了"鱼足疗"，其他人纷纷跟随，又是一门大生意，也同样做到欧美。

到底是怎么一回事，这种叫鱼疗（Fish SPA）的？原来是养了一大群小鱼，来吃客人脚部的死皮。有效吗？从来没被证实，做过的客人说感觉痒痒的，甚为过瘾罢了。

从什么地方传来的呢？话说在土耳其，有一个叫坎加尔（Kangal）的小村里，一位牧羊人脚受伤，把脚浸在温泉里，无意中发现一群小鱼来舔他的伤口，不久，伤口就好了。

一传十，十传百，一下子就出了名，这种鱼本来叫淡红墨头鱼（Garra Rufa），后来因这个，村子被命名为坎加尔鱼（Kangal Fish）；另有一个名字，叫"医生鱼"。

医生鱼有手指般大小，说是属于鲤鱼科，没有牙齿，但能吞食死皮，可在四十三摄氏度的高温下生活，长于中东的河流之中。

成名后大家都跑来土耳其抢购，弄到差点绝种。土耳其已立下法律，使之成为受保护的鱼类之一。现如果能买到，售价也甚贵。

中国有同类鱼，或者是从土耳其买回来传的种，大量生产，在外国改了一个名字，叫"请请鱼"，卖得比较便宜。

在美国，叫一群鱼来吃皮，十五分钟收费三十美金，是一宗大生意。许多华侨、越侨纷纷买鱼开店，结果有些地方被人告到官去，说这是没经消毒的手术器具，不卫生。南洋一带，有些人买的是变种的鱼，长大了生出牙齿来，客人正在享受时，忽然一阵剧痛，整块肉被咬了出来，那才是广东人所说的"大镬"！

趣事

如果你到了韩国，就会发现进他们的餐厅还多保留了脱鞋才走进去的习惯。日本也有，不过通常给你一块牌子让你认领。韩国的则任脱任摆，没人管理。

看准了这个习惯，很多小偷穿了普通拖鞋走进食肆，打一个转，看到名牌鞋子，穿了就走。

本来不会被发觉的，其中有一个太贪心，偷了两双之后，放在附近的丛林中，又回来偷另外一双，结果给人认出，被抓了。警察搜查此人的家，竟然看到贮存了一千七百双高级鞋子，而且查出他是一个惯犯，从前也犯过同一罪行，在五年内被判过两次刑，职业为卖旧鞋的小贩。

他通常犯案的地点还有殡仪馆。原来韩国的葬礼也是脱了鞋进行的，大厅中有上百个人来凭吊，一间殡仪馆有数十个厅，鞋子摆满地面，让此君大偷特偷。这个人被抓住后只承认盗了三双鞋子，他家中的那一千七百双鞋是他从旧鞋店买来转售的。

不务正业，怎么有能力买那么多鞋子？警方当然知道他在撒谎，但也无可奈何。

他第一次犯罪，被判了一年半，结果是缓刑释放。第二次被罚了四千三百美金，但他偷的鞋子没有被没收，还让他拿去卖，赚回来的钱比罚款多。

为什么？定罪要有证人呀！谁都不肯为了一双皮鞋花时间做证，也就告不进去，但白白地放走这个可恶的人，也不是办法。

最后警察想出了一个"灰姑娘方案"，那就是把那一千七百双鞋摆在一个足球场，让失主认领。为了防止浑水摸鱼，需要填一表格，说明自己鞋子的尺寸和牌子。

结果四百个人出现，但也只认出九十五双，这些人都不肯做证，认领了算数。那个贼可以保留大多数的鞋，大笑四声，扬长而去。

国
际
礼
貌

报上一则消息，说继女星蜡像惨遭游客咸猪手后，广州三名"九零后"男子连公园雕塑也不放过。他们在与一个女性雕塑合照时，将手放在它的胸部上，拍成短片，放到网上，短短三日之中吸引了十三万人观看。

网民纷纷批评他们侮辱艺术，侮辱中华传统文化，更侮辱了他们本身的人格。

家丑不外扬，最好尽量把这件事忘掉，但忘不了的是去意大利的朱丽叶故居，女主角的铜像，也照样被我们伟大的同胞摸奶，而且人数之多，把青铜摸得发亮，这才是国辱呀。

国人出外旅行，最常见的是当他们在餐厅吃饭的时候，不管男女，总发出大声的"哼哼"音，外国人认为这是最没有礼貌的，为之侧目。

但国人以为理所当然，不当成一回事。我们不指出的话，这个毛病必然加深，父母也不会教导子女，一辈传一辈。这将会变成洋人看轻中国人的一大现象，必须戒之。

不排队、随地吐痰、当众挖鼻孔等等，毛病只会愈出愈多。虽说老子有大把钱，你们要赚我的，只有忍受，但这种行为影响到你我的形象，不能坐视不理。

公民教育最重要，学好外语之前，我们得先守国际间的礼貌，最好是由这次上海的世博会开始，给外国人一个好印象。

那三个无耻男人被广大的网民谴责，说他们是低级趣味、道德沦丧、没有素质的表现。这表明了还是有很多懂得自爱的中国人。

此则消息还没读完，已有日本温泉老板投诉中国男游客以色眯眯眼光看混浴的女性，原来不出声也会犯贱的。在公共场合中大声接听手机电话、购物争先恐后等坏习惯更会一再出现，日本人有得受的。

说起日本人，吃面时哧溜作响，但到了意大利，吃意粉时也不敢发出声音，人家日本人懂得尊重国际礼貌。

没
东
西
吃

　　好久没去韩国，不断思念。那边美女众多，赏心悦目。我又
有一个男徒弟，叫阿里巴巴，生性诙谐，极为有趣，也想见
见他。

　　这回去首尔住两个晚上，济州岛三天，乘韩国飞机前往。众
团友都对大韩航空有好印象，说机位宽阔，空姐美貌，最重要的
是，飞机餐非常好吃。

　　有什么那么特别呢？先来一道头盘，有沙律和鱼类肉类，跟
着上由牛骨和大豆芽熬成的汤，最后来碗杂菜饭，下麻油和辣椒
酱。杂菜饭在空中吃比平时美味，又有点甜甜辣辣的酱刺激胃
口，吃过的人无不赞好。

　　"韩国风土人情不比日本差，可惜没有东西吃。"这是一般旅
客的评语，"又吃不饱。"

　　谁说没东西吃了？便宜的旅行团当然没东西吃，来来去去不

过是泡菜，烤牛肉的分量也少得可怜。这和外国廉价团到香港一样，冷菜炒饭，游客也说香港没东西吃。

我们享受的是韩国传统菜全套、海鲜大餐、雪场蟹大餐、全鲍鱼宴、牛肉大餐、地道小食宴和刺身大餐，临上飞机还来一顿人参鸡，是将两个鲍鱼塞在鸡肚内炖出来的。

每一餐将近尾声，我都问团友："饱了吗？饱了吗？"

大家都拍拍飞胀的肚皮。也许有少数人对辣的吃不惯，我们也另有安排，绝对没有团友说吃不饱。

一路上有阿里巴巴说笑，引得众人大乐。他已是旅行社的大老板，但为我们亲自带队，由首尔到济州岛全程陪伴。我是从来不收男徒弟的，由于我对韩国的饮食文化认识比他深，阿里巴巴佩服得五体投地，一直叫我师父，也就由他了；真想不到在中国遇不到，却在韩国有这么一个弟子，我吩咐说："不能吃不饱。"

阿里巴巴拍胸膛："那我宁愿割自己的肉让大家吃。"

所以，我们不知道在韩国没东西吃这回事。

吃
不
饱

"你们这次在韩国吃了什么?"返港后小朋友问。

"在济州岛一家很地道的餐厅吃了一餐,像是妈妈做的。"我回答,"先上一大堆泡菜,腌了很久的和昨天才泡的,两种不同。白菜的、高丽菜的、萝卜的、青瓜的,一共十多种。"

"这些在香港的韩国餐厅也能吃到。"

"还有生酱螃蟹,香港也许有,但酱不出那种味道来。还有一种韩国独有的蔬菜叫'托拉基',像小棵的人参,很爽脆,另一种一丛丛的东西,是新鲜的海草,非常弹牙,也是外地吃不到的。"

"接着呢?"

"接着上炸虾、小公鱼和每人一大块的带鱼,肥得要命,肚子里都是油。"

"不喜欢吃海鲜的呢?"

"一大盘卤猪肉，厚厚地切成一片片，有肥有瘦，怎么吃也吃不完，韩国卤猪肉的吃法是和海鲜放在一起，拿焯了一焯的白菜心来包，蘸面酱、辣椒酱和虾酱一块吃，海鲜和肉类配合得很好。"

"东西还不少。"

"这只是一部分，另外有一大锅鲭鱼炖萝卜，大量的辣椒酱，萝卜煮得入味，剩下的汤汁用来泡饭，可吃三大碗，最后上海带、海芋和面酱熬鱼骨的汤，上桌前加刚刚剥出来的小蚝小蚬，非常鲜甜。"

"哇，那么多菜！"

"都说吃撑了，这是大家要求最轻的一餐。前几顿的至少多两三倍。那餐鲍鱼宴，又刺身、又煎、又煮、又烧、又炖，每一个人吃上十二个大鲍鱼。牛肉那顿有各个部位的薄烧，加上怎么吃也吃不完的牛肋骨肉，足足有四五百克……"

"够了够了，别讲下去，口水快流出来了。"小朋友说。

我笑笑："真的弄不懂，为什么还有人说韩国没东西吃，又吃不饱。"

世界上的厕所

　　每次在其他国家旅行，如厕时看到一些美好的设计都想记录下来，积累后出版一本书，但已有人比我先做到了。

　　这回在北京的"时尚廊"书局架子上，看到一本叫《世界厕所》（*Toilets of the World*）的，由沙恩·詹姆斯（Sian James）和莫娜·格雷戈瑞（Morna E. Gregory）合著，玛瑞尔（Merrell）出版。

　　所拍世界上的厕所照片众多，但比起实在数字，只不过是几亿分之一，先从厕所的英文名说起，就有 Loo、John、Dunny、Privy、Lavatory、Outhouse、WC、Powder Room、Porcelain God、Pisser、Comfort Room 等等。

　　优雅的称呼不少，能想到的是韩国人的"解愁所"和日本人的"雪隐"。

　　图片中拍了英国维多利亚时代的瓷厕，整体烧制，顶上有蓝花，下面雪白，刻着树叶浮雕，简直是一件艺术品。

加拿大的威士忌咖啡馆（Whiskey Cafe）有个女人站厕，还加图片说明如何使用：先把一只手把抽出，转动吸盘，对准阴户小解。

美国的约翰·迈克·科勒（John Michael Kohler）艺术中心内，所有便器都用精美油彩手绘出来，有蓝色的旋涡式设计，令人眩目。

纽约苏豪区的89吧（Bar 89）当然也记录下来，他们是第一个用玻璃门的厕所，以为可以看到里面，但门一关，电器发动，门就不透明，朦胧一片，什么都看不到。

在新英格兰的博物院中，展示了太空便器，除了人造地心吸力之外，排泄物还压成圆饼带回地球。

日本的厕板自动封上胶纸，喷水洁器都看得叫外国人啧啧称奇。我们香港的厕所也榜上有名，是因为有人用黄金来打造便器。

如果你很想在一生中出一本书的话，也不必有太多的才华，将所闻所见以相机拍下，再加上几行说明文字即可。举个例子，世界上的街灯都不同，趁现在年轻看到了就记录拍下，也是一本好书。

魏而连的妻子

数十年前写过一篇文章叫《魏而连的妻子》，介绍日本小说家太宰治的小说。他的作品一直受年轻人欢迎，尤其是文艺青年。

太宰治很年轻时就自杀了，他的文字简洁优美，非常伤感。除了此本书，他还写过一个中篇，叫《斜阳》，在二十世纪二三十年代卷起了高潮。有理想、但消极的青年，都自称为"斜阳治"，相当于美国海明威带来的"失落的一代"。

复古潮流把太宰治的作品带回来，原著改编为电影，在香港地区被安上一个莫名其妙的名字，叫《樱之桃与蒲公英》，说是戏名比喻夫妻关系，男主角是受人喜爱、甜蜜但容易腐烂的"樱之桃"，而女主角是在逆境也能生长、坚强又美丽的"蒲公英"。

从来没听过这么荒唐的解释。第一，樱桃就是樱桃，何必像日本人在中间加了一个"之"字呢？而且樱桃应该是形容女的，而蒲公英的种子遍地散开，是多情的男主角才对。

不能否认的是女主角松隆子演得非常出色，压抑着的感情，一点也不夸张去演，显尽当年日本女子的情操。

最大败笔出在男主角身上，浅野忠信只是一派无赖样，毫无演技可言。这个角色要是到了有深度的演员手中，一定先下功夫，把自己瘦个二三十磅，才像太宰治本人，也自然增加了文艺气氛。浅野忠信的角色演得不可爱，不值得同情，就和原著背道而驰了。

小说比电影更精彩，男主角一出场就被追债，露刀子威胁人后逃之夭夭。剩下债主夫妇向他的妻子讨债，在对白中读者发现此人虽坏事做尽，但他言谈幽默，并带深奥哲理，令客人高兴，主人自豪，才被他欠了那么多。

原小说以妻子第一人称，讲述为什么还能一直爱着他的原因，可读性极高。台湾应该出过此书的中文译本，但不知哪里可以找到。读完比较一下，才知道被捧上天的《挪威的森林》的作者，只是一个弱智儿童。

老

生老病死是人生必然的过程。"病"，是被人讨论最多的话题。"生"理所当然，没什么好谈。"死"，中国人最忌讳，从前不敢去提到它。今天要聊的是"老"。

得从时间角度去看，我们十几岁时，觉得三十岁的人已经很老。到自己年届三十时，就说六十岁方老。可到古来稀之时，还自圆其说："人老心不老。"

我们对渐进式的改变从来不感觉，一下子从儿童到中年到晚年。讥笑别人老的，自己也一定有报应。丰子恺先生在三十多岁时已写了一篇叫《渐》的文章，分析这种缓慢的变化过程，可读性极高。

为什么我们对"老"有这么大的恐惧呢？皆因那些孤苦伶仃、行动不便的人给了我们的印象，以为大家老了，就会变成那个样子。

你不想老吗？商人即刻有生意可做，什么防皱膏、抗老药在市面上一大堆，还有我们的整容医生呢。但是，一切枉然，老还是要老。

应该怎么老呢？我觉得老要老得有尊严，老要老得干干净净。

不管你有钱没钱，一件衬衫总得洗净烫平。做得到的话，怎么老都可以接受的，不一定要穿什么名牌。

中国人不会，旅行时就要向外国人学习了。他们当然也有衣衫褴褛的例子，但是一般都很注重外表。像在巴黎香榭丽舍大街，到了秋天，路上两排树木的叶子变黄，一辆深绿色的小雪铁龙汽车停下，走下一对穿咖啡毛衣的老夫妇，在街中散步。一切金黄和落日统一起来，多么美妙！

香港人有必要学老，因为他们是全世界最长寿的人之一，男人平均年龄八十来岁，女人八十六七岁，俱列世界第二位。

如何学老呢？从年轻开始，就要不断学习，别无他途。学识丰富了，任何一种专长都可以用来做生财工具，我们就可以不怕穷，不怕老了。

年轻人，别再打电子游戏机和听无聊的流行音乐了。不然，你就会变成你想象中的"老"。

快乐

饭后，车上，倪匡兄说："前几天看你写亦舒，把我笑死了。"

"她最近老爱提到男人的体毛嘛，你也注意到了？"我说，"我们做男人的，还不知道有这个宝。"

"是呀，正如你所说：无毛不欢。"

"亦舒的书，和你老兄的一样，一拿上手就放不下来。"

"唔，本本都好看。"倪匡兄说。

"比较起来，最闷的是那本叫《少年不愁》的，在《明报周刊》连载过，讲一对母女在加拿大的生活。"

"好像没看过，"倪匡兄说，"是不是自传性地描写亦舒和女儿的事？"

"有点影子，但全属虚构，女主角的母亲和父亲离了婚，现实生活中并非如此。"

"故事说些什么？"

"没有情节，只是一些片段。当然有母亲爱上一个更年轻男人的幻想。女儿在大学时也开始拍拖了。"

倪匡兄叹气："唉，怪不得了。我住旧金山十三年，已闷出鸟来，加拿大是比旧金山更闷的地方，就算亦舒这个说故事的高手，一提到那边的事，不闷也得闷。"

"精辟之句还是不少的，像'没有人会对另一个人百分百坦白，那爱侣呢？更无必要，眼前快乐最要紧'，等等；讲到女人怕老，亦舒说：'不知如何，女人最为怕老，可能是因为年轻美貌时多异性眷恋，解决了现实与精神生活；年老色衰，便孤独凄清，门庭冷落，所以怕老。'"

"她有没有提到自己快不快乐？"倪匡兄问。

我笑笑："书上可以找到一些蛛丝马迹，文中妈妈说：'我快乐，太多人抱怨他们不快乐，我懂自处，也会自得其乐，我要求不高，少女时愿望已全部实现，又拥有你这般懂事女儿，我承认我快乐。'"

看电视新闻，得忍受广告，有些好的百看不厌，坏的看了想骂娘。

说什么，我也喜欢那个移动通信的，只有一个画面，出现了母女二人，母亲微笑着默默然地听。那个身穿白衬衫的女儿，样子有点像张小娴，干干净净，叙述为什么想家打电话，拍得实在好。如果今年选"十大"，我一定投它一票。这个广告还有一个续篇，那是母亲的背影，当然有朱自清文章的影响，但也用得好，可惜就是太短，观众很容易看漏，再长一点点，就能留下深刻的印象。

卖龟苓膏的老板形象不佳，但他拍的广告利用计算机科技，把广告加入黑白电影《黄飞鸿》残片中，有特别的效果。

总觉得洗发精的广告特别多，可能是因为前一阵子成龙的那个"排山倒海"吧？一成功，其他的搏命跟。有的用小明星拍得特别漂亮，但也有用大牌的，像蔡依林和王力宏那个，灯光和摄影都差那么一层，显得十分俗气，那是导演品位不佳。

化妆品的也多，什么白肤水、神仙水，要是真的有效，不必宣传，也卖个满钵。其实什么东西都是一样，明明没有用一定要说有奇效，谁也不相信，所以当今看不到秃发油的广告，干脆不宣传了。

有些时候广告字眼也要说得清楚才行，像那个歌星卖的什么生力水，无厘头大叫大跳，看起来好像白痴。

小孩子最可爱，用他们最讨好，偏偏广告商请了一些面目可憎的，像那卖什么奶茶的广告，一看就联想到小鬼长大了不是暴发户就是奸商。

更多的是财务公司的，看完想起倪匡兄，他被推销后问对方："重组了是不是不必还？哈哈哈哈。"

另一个爱看的广告是黑妹牙膏，一群少女嘻嘻哈哈。并非以好色老头眼光观之，而是想起思春期中的愚蠢，大家都会经过这个阶段。

不
玩

遇到一些小朋友，问我道："大学，要不要一定去读呢？"

"当然，"我回答，"父母亲给你这一个机会，或者由你自己争取奖学金，为什么不读？"

"到底好处在哪里？"

"像读医学、化学、法律之类的专业，一定要死读。文科倒是可读可不读，今后的工作，与大学读的都没有什么关系。"

"那文科的话，可以不上大学了？"

"话也不是那么说，大多数人会在这期间交了好朋友，今后成为你在社会的人脉，是很重要的。而且，书读得多，人的气质也跟着提高。但是在香港这个畸形社会，许多富豪都没念过大学，令人更觉得大学不是那么重要；最后，还是怎么生存下去才最实在。老人家语：一技傍身呀。"

"我什么都不会，也不爱读书。"

"总有一样兴趣吧？"

　　"只喜欢打游戏机。"

　　"那也好，可以设计电子游戏呀。"

　　"太难了，有没有简单一点的？"

　　"你把你的手机拆开来，一样样零件研究一下，容易吧？"

　　"那有什么用？"

　　"像目前流行的 iPhone 手机，坏了不知怎么修理，纽约就有一个专门上门维修的，也赚个满钵呀。iPad 就要出来了，你学学怎么修理吧。"

　　"这门工作已经有很多人会了，轮不到我。"

　　"你不去试，怎么知道轮不到你？"

　　"反正我知道学了也没用。"

　　"反正，反正！和你这种什么事都往负面去想的人聊天，精力都给你吸走，学倪匡兄说一句：不跟你这班契弟玩了。"

回
到
儿
时

芫荽是一种奇异的香草，你只有喜欢或讨厌，没有中间路
线，我这种个性爱憎分明的人，是钟情的。

小时候一吃，觉得很怪，即刻吐出。近来有篇医学报告，说
人的味觉，是从记忆中找寻出来，也许当年我联想到的是臭虫。

不是没有根据的，芫荽原产于地中海地域，拉丁名的意思是
臭虫。更深一层的研究，说芫荽的分子之中有种叫 Aldebydes 的
脂肪，和肥皂及臭虫中找到的一样。

长大了，不停地接触令我慢慢接受了芫荽，当看到别的小孩
子把芫荽碎从汤里取出，反觉厌烦。

又在不知不觉之中，我愈来愈喜欢吃芫荽，这可能与我在外
国旅行有关。去泰国，他们的色拉中无芫荽不欢，印度人更是把
芫荽籽磨成粉末，当作咖喱的主要成分。西班牙人和葡萄牙人有
种芫荽汤，大量使用芫荽。越南人也是爱芫荽一族。中国人更爱

芫荽，叫成香菜。只有日本人对它不熟悉，一尝即吐，可是一旦爱上中华料理，又拼命添加。

不只味道好，颜色还非常漂亮，你有没有试过芫荽鱿鱼汤？它是将大把芫荽滚了，下鱿鱼片去灼熟，整碗清炖出来后，除了盐什么调味品都不必加，上桌时汤的颜色碧绿，香味扑鼻，是一道极为好喝的汤，尤其是宿醉之后，喝了它，即解酒。

芫荽英文名叫 Coriander，不能和西洋芫荽的 Parsley 混淆，后者只是样子有点像，但叶极大，在外国购买，还是叫 Cilantro 较妥。

也许是我这个写食经的人，味觉较为灵敏，我发现当今的芫荽，完全走了味，一点也不像从前吃的。

问友人，大家不觉得，说我发神经，但事实的确如此，不知道是否与基因改造、大量生产有关。如今我吃东西，回到儿时，把芫荽从汤中夹起，一片片，摆满桌面。

各位看到了倪匡兄的告别，也知道发生了什么事；之前，他也给过我一封信，抄录如下：

蔡样：

过年前一病，方知岁月不饶人，精神气三者俱弱，本来等闲事，竟成不能胜任之负担。无可奈何，只有把"租界"交还，吾兄必能谅我。

多年来承蒙照顾，铭感五中，竟不知如何言谢。不好意思当面请辞，只好以信代言。

已有稿件可以用到五月底，附上最后一篇，多少说明一些无以为继的缘由，真的很谢谢。

倪匡

可惜他已学会用九方输入打字，稿件电邮传来。不然，嘿嘿，把原稿裱好拿去小店"一乐也"卖，可索高价，作为慈善。

其实要感谢的是我，这些日子以来多得倪匡兄协助，才松一口气，我也与他一样，精神气三者俱弱矣。

不过请各位爱戴倪匡兄的读者放心，日前遇见了他，还是龙精虎猛地大吞金枪鱼数客，面不改色。

但是近来他总是唉声叹气，说周身是病，又曾作诗记事，他说打油诗最好改现成的，字数改得愈少愈好，诗也改自李商隐："相见时难别亦难，东风无力百花残。春蚕到死丝方尽，蜡炬成灰泪始干。"

倪匡兄改为："坐下时难起亦难，全身无力四肢残。×××××××，蜡炬成灰裤始干。"

第三句他想不到，要我代作。我问道："春袋到枯精方尽，如何？"

"哈哈哈哈，"他大笑四声，接着说，"人之将亡，其言亦善，我最近向我老婆告白：'谢谢你照顾一生，下世再还。'我的广东话不正，她听成'下世再玩'，连忙摆动双手，大叫：'不玩，不玩！'"

众人听完，笑倒在地。

出发之前

依照惯例，我们的旅行团在出发之前，必先于"镛记"设一茶会，坐下来聊聊天气和衣着，以及一些基本的准备。

说是茶会，已演变为一大宴席，食物有该店著名的完美皮蛋和烧鹅，另有点心和菜肴，最后以鲗鱼粥和甜品桂花糕、白糖糕等收场。

大家已经熟悉，导游也不用一一说明，最主要的是说明当地手机不能漫游，也传不了讯息。等于说手机无用吗？又不是，可买一张卡，二十五美金，几分钟使完。

带什么插座也得说明，是一种圆形，凸进凹洞去插的，像法国式，不过不是双圆脚，而是扁的，与美国式一样。

天气呢？四月底已相当炎热，中午可达四十摄氏度，但一早一晚降至最舒服的二十四摄氏度，多带一件薄夹克或披肩吧，要是身子弱的话。大部分人都是夏威夷装，我说缅甸是佛国嘛，太鲜艳也不行。

好在是没遇到雨季，阳伞也可，帽子当然最方便了，太阳镜不可不戴。

货币呢？缅甸人用的是"察特"。一美金等于九百多察特，但当地钱又残又旧，还是以美金付款好了，但是他们欢迎新钞，一见不是新的就不收，去哪里换那么多新一元？

"如果你说要就收，不收不买了，那么他们也只好接受。"我说。

"有什么东西好买的呢？"众人最关心就是这个问题。

"没什么特别，动心的你就买。"我建议。

"这次为什么乘泰航？"

"怕当地吃的大家不满足，回程停曼谷，可以大吃一顿。"

"现在动乱，放心吗？"

"到时再决定吧。"我说，"平静下来就停，不然多住仰光一晚。"

就那么办吧，大家散会。

（缅甸之旅·一）

The Governor's Residence

临行，看新闻，红衫军已愈搞愈乱，闹出人命来，还是取消曼谷一晚，实时订酒店，想改住仰光的 The Strand，但客满，回程还是住回第一晚待的"官邸"（The Governor's Residence）。

在曼谷转机，抵仰光已入夜，整个城市灯光幽暗，海关人员也算客气，有几个看到我们的香港护照，还以粤语打招呼。但在香港生活过，觉得任何地方的官员做事都是慢的。

只要随身携带不超过两千美金就不必填写报表，有些团友腰包满满，分给其他人暂持，大家顺利走了出来。

机场离市中心十公里，我们的酒店在八公里处，但也要走半小时；这里，一切都缓慢了下来，不管是走路还是骑摩托车。

进入一条小路，是大使馆区。愈走愈暗，有些团友开始担心，我说军事统治只有一样好，那就是安全，不听话的人会失踪。

看到一张张打开着的大纸伞，灯光由里面照明，甚有禅味，就是我们要下榻的地方。很大的一个花园，布满各种热带树木，像个雨林。一间间的小屋，里外都是由柚木建成，这里不愁的，就是这种植物了。

大堂是一座两层楼的建筑，楼下设欢迎酒会和冰冻毛巾，楼上是英殖民地督察招待客人的地方，非常宽敞。可联想到当年英国人在这里开盛装派对的情景，大概毛姆也被招待过吧。

走入宴会厅吃一餐缅甸菜，肚子饿了，不管什么食物都觉美味。缅甸菜相当简单和原始，吃来吃去最多是"茶宴"。把发酵过、带湿气的茶叶、虾米、黄豆、花生、芫荽等分成一小碗一小碗，装在一个大碟中，客人左抓一把右抓一把就那么送进口，好不好吃，见仁见智，但新奇感的确是十足的。他们的咖喱也不辣，适合温和的民族性。

一有咖喱下饭，大家吃个饱饱，睡觉去也。

（缅甸之旅·二）

服
务

一早鸟语花香，庭园中空气清新，散步一圈之后回房洗澡，一切浴室用品都是宝格丽（bvlgari）货，只嫌花洒水力不足。

挂毛巾的不是铁架，由几个球形的东西组成，圆球上有个莤，仔细一看，是粒山竹，用柚木雕出，很有艺术性，真想将它拆下来拿回家用。

花香还是不及食物香，自助的早餐已摆满餐桌，新鲜出炉的面包特别诱人。我爱的只是面，有缅甸式的，干面上淋了鱼汤，是他们的经典食物。

鸡蛋是另有张菜单点的，既然是英国传统，水焓蛋一定做得好，团友邝先生由多伦多来，他特别喜欢白煮蛋，一叫四个，上桌一看，用半圆容器装着，已经依他关照煮了九分钟。太热，侍者另摆一碗冰水给他浸凉后剥壳。

他说："这才叫服务。"

自从飞机降落到目的地，一切都由我们换乘的船"曼德勒之路"（Road to Mandalay）安排妥善，行李已事前帮我们送到机场。

这艘船属于"东方列车"（Orient Express），是一家规模很大的机构，拥有"欧洲的东方快车"之誉，在世界五大洲有自己的旅馆，都是一流的。

仰光的这家"官邸"（The Governor's Residence）也由他们经营，由督察官邸改装而成，只有十几间房，但甚有气派，各位来到此地，不妨一住。而且比起欧洲酒店，还是相对的便宜。

等待出发时，诸团友纷纷把花园中的花卉拍了下来。有各种形状不同的天堂鸟。凤凰木只剩下花，一片树叶也没有，整棵火红，怪不得有"燃烧中的树"这个英文名字。香蕉花也与别处不同，不是垂下而是翘着朝上生长的，像一朵睡莲，紫红得漂亮，又可当沙拉来吃。

游泳池相当大，一对法国夫妇从昨晚泡到今早，皮也不脱。太太还不断骂老公，看来女强人不是香港老婆的专利，看了真有趣。

（缅甸之旅·三）

到仰光国内机场，看到一架螺旋桨机，大家都呆住了。

团友张先生夫妇由德国专程来港加入此行，他对飞机种类最有研究。"这一款飞机从来没有失事过，天下最安全。"他这一说，其他团友松了一口气。

缅甸航空的空姐，大家都赞漂亮。当然啰，不染金发，略施脂粉，满面笑容，自然阳光，不美也看得舒服。

引擎轰轰作响，不能听录音书了。报纸杂志亦无看头，找到和尚袋。这回我不敢带泰国僧侣用的黄金色，怕被骂冒犯，拿了一个韩国和尚的灰色袋子。

从袋中取出一本亦舒写的书，行李中一共有八册，一天看一本。好家伙，一程飞机已看完一半，为什么不多携数册？

飞了一小时多一点，再乘内陆船抵达蒲甘，先下船去吃午餐。

"蔡先生，请签名。"声音来自身后的一位胖子，是船上的大厨，拿了一本我的新书。

这下可好，有东西吃了。

面很熟，原来是从新加坡到曼谷的那趟"东方列车"上调过来的，从前被查先生邀请去乘坐时遇过，依稀记得。

"尽量多做点我们吃得惯的。"我吩咐。接着开带威胁性口气的玩笑："满意了才签名。"

中餐是自助式的，丰富得很，大家对那盘炒粿条最有兴趣，然后吃大量木瓜。我嫌不够甜，借淋在煎饼上的蜜糖一用，好吃得多。

天气炎热，我们在二楼的冷气餐厅进食，甲板上给一群葡萄牙来的游客霸占，也好，老死不相往来。

饭后，游庙去。

（缅甸之旅·四）

曼
德
勒
之
路

蒲甘是缅甸的古都之一，只有四十二平方公里，但有一万三千座佛塔。

佛塔，英文叫 Pagoda，是个钟形的建筑，最普遍的是漆成白色，也有包金的，更有用白色小瓷砖砌成，非常漂亮。

佛塔经过地震和风雨的侵蚀，外墙多已剥脱，剩下来的是基层的红砖，泥土颜色，一个个林立在蒲甘的原野，不知道的人，还以为是些古墓呢。

为什么人们要立那么多佛塔？那是供奉神明的一种功绩，人们一有钱就建一个，建得愈宏大愈能表现自己的财富和势力，连同他们的家族和亲友，都感到骄傲，身份高了出来。

在这一大群数百个没落的佛塔中穿梭，发怀古之幽思。要是看到当年的光辉，那是多么宏伟雄壮的一个景色，但如今剩下的只是些残垣断壁中的悲哀。

十二世纪时忽必烈的大军侵入，使蒲甘王朝灭亡。但元军没有对古迹破坏，古庙阿难达寺（Ananda）尚存，里面有四尊巨大的佛像，全部由金箔铺成，每座有九米高，是一个必游的景点。

傍晚，我们回到船上，看日落。

仔细看我们这几天乘坐的"曼德勒之路"（Road to Mandalay）船，是一艘德国建造的内陆游艇，老远地从欧洲拖到此地，有一千九百一十六吨排水量，分四层：顶上甲板有小游泳池和酒吧，第二层是餐厅和娱乐室图书馆，三、四层为客房和水疗及健身院。

一共有五十几间房，二〇〇九年八月经一年重修才再接客。我们住的是豪华房，每间有十五尺乘十六尺之大，全部房间只有花洒无浴缸。房间一天收拾两次，干净舒服。

晚餐分东西二式，每种有四五款可以选择，你要是大胃王，全部点也行，只要你吃得下就是。西餐的水平很高，东方食物中有中泰寮影响的缅甸菜。数日来，只听团友们赞，没有一餐是不满意的。

（缅甸之旅·五）

星
星

日落之前，看妇人和儿童在河上沐浴。

大概是洗惯了，少女的沙笼围得紧，重要部分绝不暴露。少女洗着长发的画面特别好看，尤其是在黄昏。

儿童们嬉水，下船时，只向我们要糖果，一直叫："糖果，糖果!"

并不讨钱，有些在摸着头发，起初不知道他们要些什么，后来才弄懂在讨洗发精，可能是从前的游客给过船上用的宝格丽（bvlgari），觉得不错。

船上的小册子也说过，虽然鼓励说英文是好事，但不想村童依赖施舍，叫我们不要给。

"但是河上那黄泥水，怎么靠它生活?"团友问。

我笑着："不干不净，吃了没病。"

想起八九十年前，吉卜林（Kipling）、毛姆（Maugham）和奥威尔（Orwell）等作家来时，整条河是清澈的，不禁摇头。

未来到之前，以为是湄公河的支流，原来这河叫伊洛瓦底河（Irrawaddy），贯穿缅甸南北。

整艘船本来可乘一百零八位，经装修后只接八十二位乘客，却有八十个工作人员，差不多是一个服侍一人。大家的态度是不卑不亢，我最喜欢。

船上有电话，可通过卫星接连各国，很贵，四块半美金一分钟，在手提电话不能漫游时，还得照付。

另一个通信方法是买一张当地的电话卡，不过在船上接时，信号时断时续，团友们纷纷买了几张卡，也派不上用场。这也好，像走入寺庙修禅，大家清静一下吧。

太阳把河染得金黄，只能在这四望无际的原野中见到。入夜，星星也特别多，对我们这群城市人来说，是难得的奇景。我们这些人连看到星星也觉得是奢侈，真是可怜。

（缅甸之旅·六）

前一晚若填写好表格的话，翌日从清晨六点钟开始，侍者便把你要吃的早餐送到房间来，但多数人还是比这个时间更早起身，在五点四十四分到甲板去看日出。

自助早餐包括西洋的一切常规食物：羊角包、果仁包、风干肉、火腿、芝士等等，鸡蛋在另一张餐单上点，加上一道本地鱼汤，淋在粉面上。水果的供应是丰富的，一见吃完即添；还有各种茶或咖啡，没有一个人说吃不饱。

七点钟就有一个晨间活动，看完另外一间寺庙后，我们到最有兴趣的菜市场逛逛，众人买了一些罕见的水果。之后，女士们看当地服装，我则到古董铺去，买了几个漆做的画筒，以后赠字送画，用筒一装，字画怎么难看也好，至少画筒是珍贵的。

九点半整，折回船上，"曼德勒之路"这时才正式启航。内陆河，一点风浪也没有，平静地出发。

晒太阳的晒太阳，游水的游水，团友们在游戏间找到一副台湾麻将，最为喜悦。

中饭时，马来西亚籍大厨为我们准备了福建炒面和炒粿条，西餐没有人去碰。这也好，洋人都挤到甲板进食，我们躲在冷气间，互不干扰。

两岸的风景一直有变化，经过几条村庄，建着各有特色的茅屋，易拆易搭，河水一涨即搬到高地去。

下午有两场讲座，前面是由专人教我们穿沙笼，这一课非上不可，我每一次都绑松了，闹出笑话。

原来这一块叫 Longyi 的布是缝起来的，像一个大圆圈，左一折，右一折，然后把两个角缠两转，抓着一头塞进裙内，那么一来，就很牢固了。

示范是容易，自己包呢？我试了一下，叫团友拉拉看。咦，果然怎么拉都拉不下。这可好，今后出席鸡尾酒会，穿沙笼去也。

（缅甸之旅·七）

另一课是用英语讲解缅甸的人文。讲者表现严肃，不大笑，但话题轻松，一点也不闷，说："缅甸人只有名字，没有姓氏。"

咦？那不混淆？

"而且我们叫什么，是根据缅甸字母，一共有三十三个，依次序命名，从星期一的字母叫起。我们在学校里，老师认人也有困难，像阿温，就叫阿温一或阿温二。有时是看人而定，像肥温或瘦温，一点问题也没有。"

"那么护照上怎么填？"

"有时有两个名，一个是父亲的，另一个是自己的，但相同的也多；只有另外注明特征，像这个人脸上有痣，或者双腿很粗，走起路来有点八字脚，等等。"

"女人长得美也算是特征？"

他笑笑："这一种形容是说不通的，你们也有眼中出西施这句话呀。"

相当有趣。

"缅甸人口六千万，八成是佛教徒，男人一生之中出家两次，一次在成年之前，一次成年之后，出家时忍受不住，随时可以回去，从不勉强。"

"女人呢?"

"可自愿当尼姑，也不是强迫性的，佛教在公元前五百年从印度传来，相信人的一生是要经过痛苦，解脱的方法只有饶恕，不可有愤怒和复仇之心。我们更相信有轮回这件事，为了我们的重生，也需要把这世人做好，而最容易的，就是布施了。"

怪不得有那么多人一大早就往庙里送食物，团友问："你们最大的乐趣是什么?"

讲者微笑："到寺庙去静坐、沉思。"

这不是我们香港人能领悟到的吧? 尤其是那几个爱打麻将的人。

（缅甸之旅·八）

曼
德
勒

翌日，抵达终点曼德勒。

船停后十五分钟，就有陆上活动。这是缅甸最后一个皇朝的所在地，皇宫有十二道城门，代表一年十二个月，另有四十八个防御尖塔，代表四十八个星期。没搞错，缅甸历只有四十八星期。

城墙有一英里那么长，四周被又宽又深的护城壕包围，大门从前铺满金箔和蚝壳，金碧辉煌。

从旧照片上，看到一大队英军站着，这是一八八五年的事，皇宫比日本东京的那个还大。

英国人老早就窥视这块又产翡翠又产红宝石的土地，更重要的，是那取之不尽的柚木，可以铺满整个欧洲的铁轨枕木。大家听过东印度公司，没怎么听说过还有一家专搬走缅甸财富的公司，叫伊洛瓦底舰队公司（Irrawaddy Flotilla Company，简称

IFC），雄霸着这块宝地。

IFC 在一九三〇年已有六百零二艘大小轮船在河上航行，年载九百万客人，是世界上最大的内陆河轮船公司，挖尽缅甸的大米、棉花和石油。

听说国王敏登和法国结交，英国人干脆强行占领，把皇族放逐到印度去，任其自生自灭。当年的皇宫，也变成了兵营。

如今的皇宫也是兵营，长驻缅甸军政府，防御森严，不容易攻得进去。据说政府的首都由仰光迁到另一军事重地，自以为安全得不得了。

旧皇宫内的柚木巨宅，是皇帝的私人庙宇，好在保留了下来，将一柱一木都依照原貌搬到新址，也是值得一游的地方。

看到那黑漆漆木头之中，一部分尚留着金箔，当年称为黄金庙，不是虚有其名。

另一座马哈木尼庙的黄金奇迹般地保存下来，里面有座十二点七英尺高的佛像；至今朝圣的人还会不断地往佛像上贴金，普通游客挤也挤不进去。

（缅甸之旅·九）

数
不
清
的
庙
宇

船在码头再停一日，让我们自游，一大早就有一个布施散步。

团友一听到布施，纷纷找换一大沓新的一元美金，岂知一到岸边的寺庙，群僧出巡时，才发现他们是不接受钱财的。

布施些什么？食物和水果。

买一大盘苹果或橙，也只需两块美金，买了一个个分赠在僧侣的化缘铜钵中；看到一位位光着头、赤着脚、由大至小的和尚排成一排，我们真是送得不亦乐乎。

小僧人是临时出家的，个个可爱，皱着眉头有点老大不愿意，想起台湾的黄石元大师曾送了我一个铜雕小和尚，那脸上表情同这相像。

回船上吃早餐，大厨准备了牛肉丸汤和虾面及叻沙，太感激了。

上午又到别的景点，有一座未完成的佛塔，本来要建到五百英尺高，是贡奉给波道（Bodawpaya）国王的；他死后，子孙认为工程浩大，劳民伤财，被叫停了。

完工的是一个敏贡大钟，直径十六点三尺，重九百吨，是世上最大的钟，至今都不怕弄破，让游客用木棍敲之。

返船吃午餐，又有大量的中国菜和南洋水果。饭后到一座尼姑庵，缅甸的尼姑身穿粉红和紫色的袍，女人没有义务性地出家两次，随意好了；她们出来还可吃荤，我见简陋的厨房中有鱼。她们一星期只准受人布施两次，有什么就吃什么了，反正是佛家原有的思想。但是，佛教，对男女，还是不公平。

再去山上的实皆古城，改乘小机车才爬得上去，由中国制柴油马达改装，一路颠簸，震得五脏移位，好歹上了顶，俯瞰河流和数不尽的金塔，是值得看的。

"实皆"的意思是"清晨的供奉"，所以一大早就有很多人排队送食物。传说，如果你布施了，你总会再次见到上山的人。

（缅甸之旅·十）

从庙里走出来，遇一瘦小的老头，苦着脸，原来是位画家，拿着他的作品兜售，一幅三美金，两幅五美金。

真是同人不同命。他若是活在当今的中国大陆，也许能成为犹太画商吹捧的新派画家，一张卖数万美金也不出奇。

我也算是个画画的人，向老人要了两幅，他细心地用油纸包住，再包上一层报纸才送还给我。众团友也跟着我买，老人笑容展开，像一个顽皮的儿童，很可爱，向我们说："你们让我今天很高兴，我的兄弟姐妹们。"

我上前拥抱了他一下，冥冥之中，我好像知道在此生中，按照当地传说，会与他相遇。

最后一天的晚餐，食物丰富极了，本来在甲板进食的洋人也下来一起在餐厅吃饭。

这群人，就是一味喜欢晒太阳，年轻的尚好，其他的穿起泳衣来，皮皱得像一个漏气的胶皮公仔，简直是视觉污染。并非怀有种族歧视，但我觉得应该定一规定，禁止五十岁以上的洋女人穿比基尼。

原来缅甸当地也出红白餐酒，质量不去批评。还是来威士忌吧，一瓶瓶买下。发现有十二年的麦加伦，竟然是难得的樱桃木桶储藏过，比三十年的还要香甜。

一连数瓶灌下肚，喧哗起来，中国人就是那种德行，热闹了不吵不可，在西方人多的地方，的确不雅。

同行的廖先生最有经验了，他说每逢这种场合，必有方法应付。

怎么应付？他买了一瓶，送到洋人桌上，道歉说这是我们的风俗，奉赔不敬之处。老外一喝酒，和我们一样疯了起来，连忙说："不要紧，不要紧。我们吵起来比你们厉害！"

结账时，船上说是大厨和一群工作人员请喝，酒水不算钱。真是不好意思。

（缅甸之旅·十一）

值得

行李已由船公司安排好，一早送到机场。我们吃过早餐才走，临行时与工作人员道别，数日下来已稔熟，依依不舍。

还是乘所谓最安全的螺旋桨机从曼德勒折回首都仰光，还是在"官邸"酒店下榻。中午吃了一顿中国餐，虾饺烧卖叉烧包，久未尝此味，饱得不能再饱。

待黄昏不太热时再游缅甸的象征：瑞德贡大金塔（Shwe Dagon Pagoda）。"瑞"是金的意思，"德贡"为缅甸古称。此塔至今已有两千五百年历史，保存有佛祖八根头发，塔铺金，有三百二十六英尺高，塔顶藏着数千颗翡翠和宝石，没被洋人抢劫，是个奇迹。好在是临走时才看，不然之前参观的寺庙都被比了下去。已经到了尾声，问团友："值不值得来？"

大家点头，此船走完了我们这程后就要进船坞再次装修，等到八月才完成。同行的杨太太已经报名，要再来一次。

回忆此趟旅行，印象最深刻的是在一个晚上，船上人说天气许可的话，有一"河上惊喜"（Surprise on the River）。

　　那天下午忽然刮大风，天昏地暗，河上另一艘船被吹到岸上搁浅，也有另一番的景色，再也没什么比这更令人惊奇的了。

　　到了半夜，爬上甲板，见远处一排渔火，徐徐向我们的船行来，是不是群舟来迎？

　　灯光愈来愈多，漂近我们的船时，才发现只是用根蜡烛插在香蕉叶梗中，四周用玻璃胶纸罩住，火不熄灭，是由船上的工作人员划船到老远处放的，一放就是一千五百盏，初见像星星降落，漂过船时，往下一看，又似凡间万家灯火。

　　这个情景，没亲自体验不能感受到那种震撼！真是此行一大惊喜，一切是值得的。

（缅甸之旅·完）

拜赐左丁山兄的专栏，才知道有小林斗盫展暨怀玉印室藏印展览会，已是最后一天，急忙赶去。

小林先生身为日本人，却对中国篆刻深有研究，并做出诸多贡献，我们初学刻图章，都看过他编的《中国篆刻史》，得益良多。

事前先打电话给师兄禇绍灿大哥，他已看了数次，今天还配合我同往。两人边看边聊，更是乐事。

看作品，印章之外还有书法，多严谨，承古法。恕我做大胆批评，作品少见个人风格，也有些仿古印章，斧凿痕迹显著，非浑天然而成。

正这么以为时，见到他的一方"小一"印章，这种愈简单愈难布局的印，想不到小林先生能构思得那么精彩，佩服佩服。

最难得的是小林先生的藏印，邓石如、陈鸿寿、赵之谦、徐三庚、吴昌硕等大家皆齐。小林先生穷一生的收集，又眼光独到，早年得之较易，当今就算多富有，也做不到了。

其中吴让之收得最多，小林先生的书法和篆刻风格，受吴让之的影响不浅。我看到了"丹青不知老将至"和"梦里不知身是客"二方，感到非常之亲切。

我爱篆刻，也拜吴让之的启蒙，可惜看不到另一方我最喜欢的"只愿无事常相见"，不知原印今在何方。

有趣的是，见到了吴昌硕刻的"园丁墨戏"，那个"丁"字，作爆炸性的一点，篆文中，若是一点，会在下方有一尖尾，才作"丁"的，我们几个爱好篆刻的人聚集在一起研究此事，觉得可能是这方印经战时轰炸，又原石有烧过的痕迹，弄得把那个尖丁也模糊了吧？大家七嘴八舌地讨论。

见到原石，可领悟不少刀法和刻功，绍灿兄指出，吴让之的那方"三退楼寓公"有轻微的打格子痕，是不打稿直接刻出的。我非常同意他的看法。

若错过此展，可购《小林斗盦先生遗墨选》及《怀玉印室藏印选》二书，聊以胜无。

玩
物
养
志

返港后，患感冒，看来是该休息了。但我是一个停不下来的人，正好利用这时段，在吃完睡、睡完吃之间玩微博。

回答一群来自各地方人的问题，"新浪微博"站给他们安上"粉丝"的名字，我并不喜欢这个称呼，宁愿用"回读者"，或者是新一点，叫为"网友"。

答案有时在书桌上、有时在电视机前、有时在床上写。iPad就是有这个好处，因为它是乔布斯在病榻中构思出来的。

父母教的，凡事要做，就得尽量做得最好。我不敢说我的微博最受欢迎，但至少，我是回答得最勤的。因为在这期间可以日夜上网，读者的所有疑难，不管大小，一一满足各人要求。微博有一个术语，叫作"刷屏"，网友一打开网站，看到的都是我的答案，就说每天被我刷屏了。

我用电脑，最大的苦恼在于不会用中文输入。曾经学过不少方法，除了手写，都失败。但手写，缺点有：一、速度慢；二、有些字电脑识辨不出；三、iPad 并不支持繁体字。

回复微博的这几天，我日夜锻炼，已经克服了以上的难题。

一、写惯了，就快。二、电脑认不出的字，用最愚笨的方法，先在 iPhone 上下载了"拼音字典"，一个个查，像"喜"是 xi，"欢"是 huan，久而久之，便记得；最后只要打 xh，就跑出来"喜欢"二字，更快捷。三、简体字也学会了，加上联想功能，愈写愈快。

答得多，在微博上关注我的人越来越多，现已有十二万，我将挑选一堆精简的编成书。国内的简体版书籍销路逐渐转好，已很少有盗版了，自会带来一些额外的收入。

这也印证了我给年轻人的"婆妈语"：一切，都要用功才能得来，并无他途。

今后在 iPad 上撰稿了，不必受传真之苦，去到哪里写到哪里，一按键，电邮到编辑部。

谁说玩物丧志？玩物养志才对！

闷蛋都市

有时，在报纸上看到选什么什么，是天下第一，不可相信。

首先，要看是什么机构办的。像今天看到的世界最好住都市排行榜，是一家所谓的国际著名人力资源顾问公司"美世"的报告。

且听他们怎么说吧：奥地利首都维也纳全世界最好住。

维也纳？除非你是贝多芬上身，怎么能称得上最好住？第一，东西贵得要死。第二，整个都市小得可怜，购物也只是那一两条街。第三，除了法兰克福香肠（也就是我们叫的维也纳香肠），没有美食。最致命的，还是闷、闷、闷。

这都市两三天就给你跑完，剩下的所谓美景，都是美得太完美、太不自然、太循规蹈矩了。像以它为背景的《仙乐飘飘处处闻》一样，看完没有缺点，只觉闷出鸟来。如果我是间谍，只要迫我看这部电影三次，我会什么秘密都招供出来。

第二位是瑞士的苏黎世。我们都知道那边叫一碗扬州炒饭要三五百块港币，如果选天下第一难吃，那么此饭当之无愧。

第三又是瑞士，这回是日内瓦。要是你一世想生活在童话世界，毫无疑问是美好。其他的，正如奥逊·威尔斯在《第三个人》中的对白："瑞士有什么？除了他们的咕咕钟。"

第四是加拿大温哥华。环境优美、宁静纯朴、居住置业理想之地，他们这么说。好了，我想请问："为什么那么多移民过去的人，都回流了？"

第五更可怕，是新西兰的奥克兰。虽说人口和游艇的比例，是全球最高，那么喜欢乘船的话，住大海去。

第六，德国的杜塞尔多夫。第七又是德国，法兰克福。第八，再次是德国，慕尼黑。第九，瑞士的伯尔尼。第十，澳大利亚的悉尼。

你会发现这些地方有一个共同点，不是闷是什么？当然，是闷蛋、笨蛋选出来的，切莫信之。

关了声音

每天早起，沏浓普洱，看报纸，回微博，散步，买菜。回家之后，剩下的时间就是看新闻了。

CNN、BBC 是首选，最后也只有回到本地新闻，万分不得已。

为什么这么说？难忍那几个女的呀！未报之前一定先"嗖"的一声吸一口气，再下来就是口水声的喷喷，像患了末期肺结核，又有口蹄病，样子长得多美也没用呀。

在广播室中还好，一出外景，没有了旁白可念，就啦啦声。任何一句话，结尾都来一个长长的啦……啦……啦……

以为这一台不行，转到另一台去，还是那么地"喷"，那么地"啦"。看新闻，是一种听觉污染，不堪忍受。

人家采访泰国动乱，这里的只是电话访问。那边记者死了多少个，一点关怀也没有，只会跟领导人到处跑，回来躲在冷气间，还是又喷又啦。

身体太弱吧，这些所谓的靓女广播员。为什么连气也没有，非先吸一口不可？讨厌到极点了。看外国新闻，哪有此等怪现象，也许是洋女肺大吧？但内地的、台湾的，都不喷不啦，后者可能是说得快的关系，台湾的旁述，是中国话中说得最快的，简直是神速。

又，听香港电台和商业电台，新闻播音员都没有这种毛病，为什么偏偏是电视上才有？大概是只顾面孔好不好看，其他的不管了吧？

新闻部的头头也从来不注意，任由她们放肆，只要他们严厉地讲几声，看那些所谓的靓女敢不听吗？

好在不是自己生的，不然一定掴她们几巴掌。愈来愈庆幸没有女儿，养出这群蠢货，倒他妈的祖宗十八代的霉。

若不能改，要戒看新闻了，不然一早起来就是一肚子气，东西也吃不下。

唉，活在香港，日子真不好过。只能怪自己太过敏感，什么妖魔怪声都听得到，把声音关掉，单看字幕去。

《身后事须知》序

中国人最忌讳讨论死亡，没有很多文献可以参考。

生老病死既然一定来到，为何不去谈？对于死，我自己是从旅行中学习，到了新、澳，这才知道葬礼可以变成音乐。去墨西哥，学会人死了，放烟花庆祝。人死并不一定是悲哀的，因为人去了另外一个欢乐的世界。

但是，轮到家父去世时，我痛哭不已。到底，我并不洒脱，我是一个凡人，有了深厚的感情，不悲哀不行。

但过后怎么办？我们一家人束手无策，只有问人，如何找棺木，免不了世俗，兄弟姐姐们还要在报纸上刊登讣闻，我坐在报馆广告部痴等，心中怒火燃烧。

殡仪馆人员来到，说要即刻对尸体做防腐工作。此时，我才第一次学会一个叫 embalm 的英文单词。读弘一法师文章多，说人死后要保持八个小时不去动，一向相信他所言，也许是灵魂尚在，哪受得了如火焚身的防腐液呢？故吩咐殡仪馆人员迟些再来。

土葬呢？或是火葬？在砍光原始森林建屋子的今天，前者几乎是一种奢侈，国家只允许火葬了。怎么决定都好，原来要领取许可证的。哈，生也要，死也要，我们一生都要证。但这也代表了我们对死亡的无知。

好在，香港的食物环境卫生署出版了一本叫《身后事须知》的小册子，说明一切后事的安排，才有点依据。

这本书是必读的，像人是必死的一样，隆重向各位推荐。

悲哀得以与欢乐做一平衡。说些好笑的，一直不明白，为什么死亡也关食物环境卫生署事？食物安全和环境卫生已够这个署忙的了。死，交给别的部门去做吧。哈哈哈。

轮到我的话，将骨灰撒在维多利亚海港吧，每晚看着两岸灿烂的灯光，真快乐。

喻家厨房

这回的成都之行，最大收获，是去了古街道宽窄巷。从前官人富商行宽的，平民行窄的，如今已混合在一起，重修得颇有品位，尤其是那一堆食肆，到了成都非去不可。

其中有一家餐厅叫"喻家厨房"，最为精彩，整栋建筑物由一老住宅重修，大厅建为接待处，其他改为六个包间，装修得古朴典雅。

做的是传统四川菜，每一顿也只可接七十位客人。这里没有餐单，预约时根据来客的要求和价格来定菜单，其他的一切交给师傅。

最好的，是师傅也是老板，这是他的命根，非坚持质量不可。主人喻波是四川名厨，对美食的要求达到疯狂的地步，所以已经没人敢请他了。数年前他自己出来开这家餐厅，做的每一道菜由选材到上桌都花心思，基础已打好，加上他常出国与别的名厨交流，有些新派菜，但做得也颇可口。

我们这回去，主人特别找些难得的食材宴客，并精心炮制地道四川菜。别以为尽是辣，我对这个印象也颇不以为然。人家问我，四川菜有什么不辣的？我总是回道："我可以一叫就是一桌十二道不辣菜，但我隆重介绍的，是开水白菜。"

这次主人为我们做的开水白菜，用名贵瓷器盛着上桌，众人一喝，惊为天人。明明只是清澈的汤，加一棵白菜心罢了，有什么了不起呢？问了主人，制作过程如下：

鸡、鸭、火腿大火之后，小火吊汤十二小时，然后清除杂质，先过滤，再以鸡胸瘦肉打成茸，大火烧开汤，待生鸡茸煮成熟，吸掉浮油和沉淀物。（注：这种方法，传统的法国洋葱汤也以蛋白来消除，异曲同工。）

如此反复两次。另厢，把白菜放进汤中烫熟，白菜去水，倒掉，再重复，至汤味进入，最后才摆入汤中的。

单单这道菜，已值来回成都的票价。

开水白菜

说到"开水白菜"这道汤，国内作者王子辉，在山东画报出版社出版的《品味谈吃》一书中有更详细的描述：

以老母鸡、鸭子、排骨、棒子骨（猪的腿骨）、鲜猪瘦肉、鸡脯肉为主要原料。

适量加入葱结（把长葱打成一个结）、生姜、绍酒和精盐来煮。制作时，先将食材洗净入锅烧沸、除沫，再把拍松的生姜和葱结放入，加调味料继续热煮。

另一厢，猪瘦肉、鸡脯用刀背剁成茸，先用部分猪瘦肉茸兑清水搅匀，倒入汤中，待肉茸浮起，先撇去浮沫，捞取。

接着将汤全部舀入吊子或煲罐内，剩下的鸡、鸭、排骨、棒子骨用清水洗净，继放汤中，旺火烧沸，移至微火上，让汤呈似沸非沸状态。

此时汤色如绍酒，清亮而鲜香，若有浮油，当即去尽，汤便制成。

使用时，还要用鸡茸加清水搅匀成团状，放入汤中再"扫汤"一两次，使汤色更加清亮，汤味更加鲜香。

要注意的是，"扫汤"要巧用火力，以文火徐徐进行，操之过急，火力稍大，可能冲散肉茸，使清汤不成，再用纱布过滤方法补救，既费时误事，也有损汤的鲜香，亦非成功之作。

有了这样的汤，才能制作开水白菜。制作时，先将白菜洗净，去筋，放入沸水中煮到八分熟，即捞起入凉开水漂凉，接着用刀修整成形，并入汤碗。

另取炒锅置旺火上，入清汤，加调味料烧沸，轻轻将菜心放碗内，再上笼蒸烫，即成。

王子辉说的前两道工序与"喻家厨房"的做法大同小异，但最后的制作略逊，白菜放入沸水煮，又用凉水冲之，水味十足，与汤一混合，虽然蒸过，也冲淡了。白菜用清水煮，汤根本不入味，还是一切用汤来炮制更佳，不冲凉水过冷也不要紧。

黄金時代

哈哈哈

4   3   2   1

北
园

返港后，又去广州公干。我一向对当地的饮食信心不大，内地受了香港的坏影响，到处都是海鲜，没有吃头。

引我去吃的是白天鹅的饮茶早餐和新兴的羊肉餐，这回友人胡先生建议到"北园"。

这家老店未去过，与钟锦从前在香港办的"北园"没有关系，怕是国营机构，店大乏客，又没水平。

此次，从香港去的总经理雷良来迎，他说看了我数十年的节目了。我就不客气，点了几道香港没有的小菜，雷良兄点头："交给我去办。"

首先上桌的是怀旧广式鸡，一小碟，鸡去骨，淋上黑漆漆带甜的酱油，吃时蘸着咸蚬介酱，让我这个不喜欢鸡的人，也频频举筷。

接着是普通得不能再普通的韭菜炒鸡蛋，就那么煎几下罢了，韭菜和鸡蛋的味道都突出来了，足见大厨功力。

大豆芽炒猪大肠也是家常菜，近来我对大肠颇无好感，因为做出来的皆有异味。这道菜在这里一吃，回忆涌来，重新恢复我吃大肠的信心。

厚条扣凉瓜，是把肉末塞入苦瓜中，又煎又焗，是妈妈当年的拿手菜。

再下来是两道炒粉丝，一干一湿，前者桂花式，后者用浓酱，皆可口，我建议今后可做成双拼，雷兄称是。吃到兴起，再叫鱼，还是河鱼较妥当，上来的是南瓜豉蒜炆大鱼腩和旧式鲳鳊，二者皆佳。

最后以甜梅菜心蒸五花腩和虾仔猪油捞面结束。甜品有白糖糕和南瓜露。大厨叫林伟珩，年纪不大，信心十足，与经理雷良配合得好，大赞之。

"北园"创于一九二八年，整间由雕塑木刻和彩色玻璃画窗修改，如今已转私营，老宅维修得很好，装修得格外干净漂亮，壁上还挂有刘海粟的墨宝"其味无穷"。

做不成和尚

人生已进入另一个阶段，求平淡了。

出外旅行，不再对没有变化的菜式感到厌恶，有什么吃什么；但是晚餐一定要饱，不然半夜肚子饿，找宵夜是烦事。

在家里，愈简单愈好，我经常做的是一碗白饭，热腾腾时挖一个洞，把细鱼干和葱茸放进去，再用白饭盖之，烫得鱼有点软了，淋上头抽，搅拌后吃，满足矣。

再不然，就是用一包台湾干面条，水滚了，煮三分钟，用个大碗，放头抽和黑松菌橄榄油，面条热后拌来吃，也是丰盛的一餐了。

别以为这么一来，我什么都不吃；到了餐厅，还是喜欢试各类未尝过的菜，如遇名厨，就当成艺术家来欣赏。

吃时总是那么一点点，主要试味道和厨艺。大鱼大肉的心态已无，除非是精彩万分，不然不会囫囵吞之。

总结起来，我对火锅还是保留批判的态度。虽然每次都觉不错，尤其是喝最后的浓汤，但是吃火锅并攀不上厨艺，只是把食物由生变熟而已。这么一说，四川人不以为然，大家都反对，更伤重庆人的自尊，把火锅从他们的生命中取走，简直不能活了。

但事实归事实，不管他们怎么说切功，吃的次序，调料的重要和汤底的层次，我还是不觉火锅有什么文化。

对外国人的白焓更无兴趣，什么海产给他们扔进大锅一煮，味道尽失，怪不得他们的词汇中，没有一个"鲜"字。

烧烤最原始，说到原始，我宁愿只吃三成熟，尚可试到更原始的生肉味。

一切都经过，吃完了火锅、白焓、烧烤，明白了怎么一回事后，再求厨艺，等到厨艺也熟悉了，才能回归平淡，但我这个矛盾的人，连斋菜也不喜欢，怎能平淡呢？

唉，还是想吃肉。和尚，是做不成的。

芭堤雅（上）

返港，休息数天，又到芭堤雅去公干。

"不怕吗？已经发布黑色警告了。"友人担心。

泰国搞示威是家常便饭，只要避开那最剧烈的几天就是。我刚踏上飞机时，已听到新闻广播，说降级到红色警告了。

这个时候去最好了，客少嘛。泰国航班从韩国起飞，经香港才到曼谷，看机上的乘客都是韩国人，他们才不怕死，港客只有我们几个。

空荡荡的曼谷机场，很容易就过了关，车子在外面等，我们不必进入市内，直接上公路到芭堤雅，一个多钟头就抵达。

本来可以选山上的喜来登，但我嫌一上一下花的时间太多，酒店附近又没有什么东西可看，还是决定在最热闹的芭堤雅海边下榻。

和工作人员胡乱地吃了一顿晚饭，竟然不是泰国菜而是西餐，我也不抱怨；年轻时旅行，要是没有尝到当地料理，就会大发脾气，现在收敛，图吃饱就是，回酒店倒头即睡。

休息够了，翌日一早就起床，好歹等到六点钟，酒店的自助早餐才开始，下楼去。从来不选面包、牛油、煎蛋之类，看看有没有地道小吃，发现了汤面档，来一碗。

吃不出味道来，赶紧回房，用 iPad 上网回答微博，我已经上瘾甚深，不可一日不回复网友的问题。

好友刘先生一向喜欢研究新科技，送了我一个接驳器，说在酒店房插入电脑线，就能变成 WiFi 免费上网。

我试了几次都不行，只好打电话询问酒店的密码，付钱算了；得知密码后再试，但还是不行，只有又打电话去抱怨。

"你用的是 iPad 吗?"接线生说："已经有很多客人说上不了的，我们的 WiFi 很弱。"

噢，算了，又穿好衣服，往外跑。

走出门，见有很多改装的小卡车，前面坐司机，后面变成一个八人座，人多时可站在车后的架子上，载十多人也不出奇。

车子空空，司机拼命招徕顾客。我想坐这种破车不知会不会被敲竹杠，还是乘正式的出租车，叫了一辆，问到菜市场多少钱，回答一百铢，合港币二十五元，也合理，就跳上。岂知不远，一下子就到。市场中到处是生果，买了两个大木瓜，吃辛辣东西，用木瓜来中和，最为舒畅。又在小贩档要了捞面，我对泰国的干面着迷，百食不厌，已学会以当地话叫：Ba Mi Haeng。

但面条渌得不熟，市区小贩做得越来越难吃，不肯花时间做，从前每一档都有水平，如今这句话说不出来了。

折返，叫不到"的士"，那些破烂的改装车一辆辆经过，不知去哪里；看到一个穿极短热裤的性感女郎，向她请教，她示意任何一辆都行，全程只要十铢，价格是"的士"的十分之一。原来，芭堤雅这个地方是团团转的，面临海滨的那一段单程道向左走，到后面那条街也是向左，围绕了一圈，到哪里都行。这就叫生活的智慧了。

有了这种智慧，日子容易过，一切都便宜，怪不得看到许多老洋人都不愿离开，在这里定居下来，姘上一个我们东方人认为难看的丑妇，什么问题都解决。

海滩到处是酒店和高价食肆，后面那条街才精彩：按摩院、人体浴、泰拳比赛、妖精打架、裸男舞蹈，当然不是给女士们看的。

一混熟，工作完毕也不和大伙儿去吃，乘着破车转了又转，看见一个叫芭堤雅商场（Pattaya Bazaar Shopping Mall）的，挂着各式各样当地美食的彩色照片，人山人海，就下车去吃，一尾大鱼，有肉有面有汤有酒，不到港币一百元。

今后生活若潦倒，往芭堤雅去，领香港政府的长者津贴，就能快快乐乐地过活。当然，选的女伴，要漂亮的。

《天方夜谭》

　　如果你是一个蒲松龄迷的话，那么你会喜欢阿拉伯人讲的故事《天方夜谭》。

　　数年前，我开始讲鬼故事，就是采用了《聊斋志异》里面的人物做蓝本，编成了上下两集的《蔡澜的鬼故事》。封底，我注明灵感来自蒲老，把书献给他。

　　反应还不错，许多读者还能记得我创的林大洋这个人物，来信要我再写。当然，《聊斋志异》的源泉取之不尽，不过我不想重复，重新拿起笔杆，换了我小时最爱的读物。

　　这是一本全世界的儿童都熟悉的故事书，已成为经典的文学作品了，原名《一千零一夜》（One Thousand and One Nights），又叫《阿拉伯的夜晚》（The Arabian Nights），为什么又变成《天方夜谭》？

　　"天方"二字，是从前中国唐代人对阿拉伯的称呼，而"夜谭"来自夜谈，指晚上讲的故事。当时，唐朝皇帝唐武宗的名字叫李炎，人民必须避讳，凡有两个火字的都要以别的来代替，"夜谈"就变成"夜谭"了。

后来也在成语中出现，凡是怪异的事，我们都说是"天方夜谭"。

和《聊斋志异》一样，当然不只是纯粹的妖魔鬼怪，它充满了东方的神秘色彩，幻想丰富，打开了孩子们的心窗。

虽说宰相的女儿为国王讲了一千零一个故事，但真正收集在书中的只有两百多个，翻译成外文时更减少至几个重要的，像《阿拉丁和神灯》《阿里巴巴和四十大盗》以及《辛巴特的七次航海》等。

如今重读，发现里面还有几个精彩的，像《驼背人的故事》《驴子的故事》《黑太监卡法》和《梦》等。最好看的是《年轻女人和她的五个情夫》，讲一个女的怎么对付五个要占她便宜的男人，在他们最性冲动时，叫他们穿上奇装异服，把他们关在衣柜中，后来那五个大男人被放出来，也没有找女的算账，相对着哈哈大笑而已。

琉璃工房

杨惠姗相约谈公事，拖延甚久，至今才有工夫，专程到上海一趟，和她见面。

说好不准她来机场，她派了秘书孙小姐迎接，我很安心。

这个女子口齿伶俐，脑筋也转得快。一路谈天，转眼就到"琉璃工房"。

好大的一个厂，占地上百亩，员工千人以上，惠姗和张先生这几十年的心血，呈现在我眼前。

笑嘻嘻相迎，惠姗依然故我，还是那么漂亮。张兄也不觉老，算岁数，应该近六十了，看起来像五十出头。

先到他们的会客室，像间私人客厅，互相道了冷暖之后，就吃饭。

这次是让大厨林家顺表演手艺，他三十岁左右，是秘书孙小姐的先生。

做出来的几道沪菜，地道得很，尤其是那碗荠菜黄鱼羹，浙江人如查先生和倪匡兄，若吃了也一定会赞好。

饭后参观工厂，由琉璃的原料开始，到完成的作品，中间过程的辛酸，没有亲自看到，是感受不来的。数十件作品，花了那么多工夫制作，一进了窑，烧出来，完美的只有一二，其余全部毁掉。

这么多年来的摸索，让惠姗悟出许多道理，在琉璃的制作方面，做出首创的工序，也没有去注册，让模仿者尽量抄袭。

又看到核心区的制作部，上百名工作者精心制作，把惠姗酝酿出的原型分拆，才进入生产。她自己工作的地方占很小的一个位置，每日埋头苦干。

相反，我们的张先生有一个巨型的办公室，还加了一个很大的阳台。室中布满艺术和宗教方面的书籍，张先生优哉游哉阅读，有新主意就和惠姗共享，令人羡慕不已。

如今作品布满神州，香港也有不少专卖店，产量惊人。每一件，都有着两人的血汗和眼泪。如此想来，就不觉得价钱的昂贵了。

"去看看我们将要开幕的博物馆吧？"惠姗说。

我一听到博物馆，好像有点沉重。

　　"博物馆也可以弄成很好玩的。"杨惠姗说，她似乎感到我的犹豫。

　　"你这个人，只顾玩。"我虽那么说，也知道她对艺术付出了那么多，玩玩是应该的。

　　车子开到了一个叫田子坊的地方，由几条弄堂组成，把旧屋子改为品位甚高的店铺，并没有新天地那么人工化，挤满了人流。

　　博物馆就开在田子坊的对面，旁边有一个可泊数百辆汽车的地下停车场。

　　五层楼的老建筑，架起了钢架，造了几朵巨大的牡丹花，盖住整栋，走过的人，一下子就会被那气派吸引住。

　　上百名建筑工人在日夜赶工，为了在六月底开幕。我们走进零乱的低层，这里做什么那里做什么，楼上摆放处等等，惠姗一一解释。

看到一层可以用来做专卖店，我放心了。另有一处将有一个大酒吧，这一带的中国客和洋人到了傍晚都会涌来。

大阳台可做鸡尾酒会或户外展场，地上铺的是手烧琉璃墙拼画，灯光透过反射到人的脸上，相信今后所有文化活动都能在此举行，也是漂亮人物的集中地。在一角，有一个教室，惠姗说："我们一些朋友的子女，都对餐饮有兴趣，想学，可以提供他们一个集中地。"

其他几层，将摆放"琉璃工房"多年来的原创作品，我们会看到它的成长过程。

我看到在未完成的一处，已经摆了惠姗的一个作品，是一座巨大的千手观音。

"我们到敦煌去的时候，看到一张壁画，各国的专家都说已经保护不了，一定会在不久的岁月中消失。我一笔一画描绘下来，塑成立体，让佛像留下来。"惠姗说。

这将会是博物馆的镇馆之宝，没有亲自看过的话，不能在我的文字中感受出来。

接着，杨惠姗带我去她开的餐厅，位于新天地，离田子坊不远。

已有十几年了，我还一直不知道，也没来过，新天地是游客集中的地方，周末特别热闹，又逢世博，人更多。

店名古怪得很，叫 TMSK，是中文"透明思考"的缩写。此外倒也合他们两人爱玩的个性。

走进去，是家所谓"优雅进食"（Fine Dining）的食肆，灯光幽暗，处处由玻璃中透出光辉来，一墙一瓦，都是惠姗的作品。

就连餐具，碗碟杯盘筷子，都是一个一个地精心烧制而成，每件都是艺术品。

楼下有个大酒吧，连着大堂餐桌，经过一条走廊，可达二楼的表演餐厅。

大厨林家顺已穿好制服来迎，中午吃的是他做的上海菜。这回做西餐，一碟碟上，很花心思。最精彩的是那道羊肉，用个巨大的盘子，里面摆满用葡萄叶子铺底的新疆羊扒，另配一大串葡萄，用糖醋腌制，代替了西餐中常用的薄荷咖喱。

表演开始，小舞台中的乐手穿着考究的古服，灯光射着，但一动也不动，舞台前隔着一层薄薄的黑纱。惠姗不避嫌，她自己也说，像一幅陈逸飞的作品。

人物开始移动，由乐队团长吴坚吹笛子，清澈的音乐声，由慢至快，是《王昭君》，这时面无表情的二胡手加入，音乐愈来愈剧烈，完全地投入，却没有自我陶醉的怪样子，可以看出她是那么地享受。

后来问起，此妹叫周橙，公司里的人昵称"二胡美女"，是个很有大将之风的人物，今后必有所成，拭目以待。

音乐最后以杨惠姗得女主角奖的影片《玉卿嫂》的主题曲结束。欣赏了她的作品和回忆过往，我也庆幸在电影圈的日子中，认识了她，成为好友。

阿宇

翌日，由微博网友波子带路，和惠姗的秘书孙宇一起，到著名的"小杨生煎包"吃早餐。

好歹等到十点钟开门，我们自以为会是第一批客人，原来已排了一条长龙。

生煎包上桌，有那么好吃吗？一咬，包破裂，汤汁爆出，皮还是很脆，的确不错；即刻要了几十个，打包回去送查先生和倪匡兄，后来发现皮已软掉，倪匡兄牙齿不行，刚好。

中午，惠姗他们又出来陪我，吃了一顿穆斯林羊肉，再去参观丰子恺故居，又在附近买了些新片影碟，我坚持惠姗留下，由孙宇送我到机场。

一路上，我们闲聊，孙宇父母在新疆工作，她在北京念大学，两地跑，后来来了上海，见惠姗的广告，有兴趣，考进了"琉璃工房"。

美术家们的生活总是没有次序，孙宇逐样安排，又细心又快，惠姗他们爱她爱得要死，孙宇也埋身进去，没有周末和星期天。

"那你平时有空，做些什么？"我问。

"看书，看书，看书。"她说，"我从小爱看小说，上课时把小说放在课本下面，回到家里，躲进房间，继续看，但每次都给爸爸抓到。"

"你父亲怎么知道？"

"我也奇怪，就是那么准。毕业后有一天，忍不住问爸爸，他说，那简单，只要看你一动也不动，就知道你没做功课，不然你一会儿找东西吃，一会儿看电视，哪会那么安静？"

我听了也笑了出来，再问她怎么会和现在的丈夫结婚？

"杨姐说介绍个男朋友给我认识，原来就是公司的同事。我一见他，他就说自己是乡下人，不拍拖，一下子就要求婚；结果只来往了三个月，定了下来，现在连儿子也生了，我也好奇从前发誓不嫁的心态是怎么改的。"她笑着说。

返港后，写这几篇东西，有些细节不记得，发电邮给她，即得回复，来往多次，我不再叫她孙小姐，改叫阿宇。

丰
子
恺
旧
居

　　我依地址，找到了"丰子恺旧居"。车子不能直达，停在陕西南路口，走几步，见多栋小洋房，其中之一就是了，门口挂着个牌子。

　　这是个四层楼的建筑物，经过小得可怜的花园，看到屋外挂着"万国旗"，是些底衫和牛仔裤，为住在楼下那两户人家的洗濯物。进大门，就见一个妇人，面无表情，大概是嫌我们这些游客的干扰。

　　爬上狭窄楼梯，就到了丰子恺先生在"文革"年代的居所，虽也名"日月楼"，但和他的老家那一座有很大的分别。

　　一下子就看到丰先生的书桌，上面有张画稿，纸上为一个小童拉着拿葵扇的祖母，是后人放上去的吧？

　　案上另有竹头和陶器的镇纸、放大镜、砚、墨汁和毛笔，以及丰先生的一张黑白照片。

一盏可以拉上拉下的白瓷罩电灯，由天花板挂下，木桌子最为普通，并非什么酸枝之类。这时看到的最令人心酸的，是桌旁的一张床，四尺长吧，人要像虾子那么蜷着来睡！

"本来房里有张长一点的，"馆主，也是丰先生的侄儿，已有五十多岁了，说道，"'文革'后期，丰先生知道岁月无多，正在赶画《护生画集》第六册，不想骚扰家人，就在这里睡，睡醒了即刻作画。"

丰先生没有抱怨，在那段艰难的岁月里，陪伴他的，是墙上那副对联，由他尊敬的马一浮先生所写："星河界里星河转，日月楼中日月长。"

看到此时，悲从中来，眼泪滴下。又见墙上另一张照片，是那小猫骑到丰先生帽子上去；以前看见的是猫在他的肩膀，头上这张第一回看到，我又微笑起来。

在小卖部买了木版水印的漫画送给杨惠姗，又购入一本散文集给小宇，吩咐她一定要看那篇《渐》——丰先生年轻时写的——已悟出人生的真谛。

小杨生煎包

闻名已久的"小杨生煎包",据说是在吴江路上,又听闻搬了地方,不知新址,只好请网友波子带路,和杨惠姗的秘书小宇同往。

以为是一家路旁的小店,从前卖生煎包的,像淮海路上那家,都躲在弄堂里面。哪知是在一座商业大厦内,旁边还有其他招牌的快餐厅和日本料理。

已经有人排队,店很小,挤满了来客,桌上皆空,原来都是等食物。

长龙队都是买票的,售票员慢条斯理,把那叠又破又脏的碎钱数了又数。买了票,又去排队等取食物,客人那么多,但成交额却很少。

我们先坐下,好歹由波子拿来了四份,每碟有四个包子,到底有没有那么好吃呢?我怀疑。

小杨生煎包　　**107**

包子的块头很大，有香港叉烧包那么大，一口咬了，汁喷出，从来没吃过这么多汤的，皮很脆，不被浸软，是功夫，馅很美味。

但那几碗牛肉汤，水兑了又兑，已喝不出是牛骨还是猪骨熬出来的了，几片牛肉，更是又僵又硬。好在波子聪明，一早准备了台湾饮料和一小瓶孖蒸，不然喝不下去。

就算是仙人食物，可经营上却非常不善。我想他们也不在意吧，不然老早就应向"鼎泰丰"学习，由专人在店前，一一写下客人点些什么，即通知厨房，做好了，人一坐下，即刻奉上。只有这样做，才能创出国际品牌的连锁店。

所有排长龙的店，都应该向"鼎泰丰"取经。他们在香港的直营店也采取这个制度，从台湾派来三十个楼面，训练当地人一番，然后撤退。这一套管理是完美的，即使电脑下订单，也不及它的效率。

生煎包名副其实，应说生煎堂吃，不能打包。到上海去的时候，在现场吃吧，如果你有耐性等待的话。当你吃到嘴时，就知道那等待是无所谓的。

落后

又去了一趟日本京都。这个古城，就算没有枫叶，樱花还未开，也值得一游再游。这回不停大阪，由关西机场直奔京都，市内并无温泉旅馆，入住最好的酒店大仓酒店（Okura），古老，但很有气派。

我自从上了微博的"毒瘾"之后，第一件事就想上网，到了门口，经理来迎，即刻问："有没有 WiFi?"

"什么 WiFi?"原来此君听也没听过。

"那有没有计算机连接口，这么出名的一间酒店，不会不设吧?"

"有，有。"对方拼命点头。

到了房内，拿出团友刘先生送给我的旅行装无线路由器，插入计算机连接孔中，本来即可接收到的，但一再显示不行，最后放弃，睡前看亦舒小说吧。

再下去那几晚住深山中的温泉酒店，本来估计上不了网的，岂知第三晚下榻的那间勉强可以接上，但时续时断，也一肚子气。最后住的是大阪最高级的丽思卡尔顿（Ritz-Carlton），洋人经理前来，我又提出同一个问题。

"当然。"他点头。

重复了几个步骤，还是上不了网。大堂副经理被我问烦了，接通 DoCoMo 的服务站，让我直接和专家对话。

把细节问了又问，我回答了又回答，终于专家把 WiFi 服务由卫星射到我的房间来，事前问要一小时还是要一整天，付费不同。

当然要一整天的，还关照说千万别切断，翌日一早可以继续上网。但到早上，又没 WiFi 了，遇总经理向他投诉，对方赔罪了又赔罪，说："我刚从中东的迪拜调来，那边任何地方都上得了，没有想到日本这么落后。"

是的，这个以科技先进出名的国家，如今就是赶不上邻国。几个大机构垄断了市场，自己研究出一套不用 SIM 卡的制度来，以为别人会跟着运用，其实人家早已有更先进的。日本，在这方面，应感羞耻。

"啊，您也用 iPhone？"日本人看到我的手机，都惊叹。原来，这是他们最羡慕的尖端科技，只有新潮人物才会购买。

在房间接不上 WiFi 时，DoCoMo 服务中心的专家说："你把计算机的线插进去呀！"

"我没有连接线的孔，我用的是 iPad。"我回答。

"啊，您已经有了 iPad？了不起！"我像看到对方打躬作揖的崇拜之极样。

这回美国人扬眉吐气了，苹果公司的产品把小日本打得扁扁的，他们任何折叠型的手机，在科技上都赶不上 iPhone，何况是iPad 呢。

WiFi 这种无线上网的发明，日本人一点也不熟悉，没有中国的内地、香港、台湾及韩国那么普遍。数年前，听说台北的一〇一大楼将制成一个最大的发射站，可惜这计划不了了之。

在京都，团友刘先生和我都到处找地方上网，后来在祇园艺伎区旁边看到一家星巴克（Starbucks），心中一喜，有了，这家以时髦和通讯发达见称的咖啡店，一定有着落。连我这个不喜欢咖啡，而且对赖皮式的生活极其反感的人也感到兴奋，和刘先生一起冲了进去。

"我们没有 WiFi。"店员宣布。

像泄了气的皮球，"哧"的一声，软掉。

正要投诉时，店员见我们也是黄面孔，当成了韩国人，用英语说："你们在首尔，也没有 WiFi 呀。"

"谁说的？"我们假冒，"韩国比日本进步，我们的酒店房间里，还借一个手提电话给客人用。如果有人打来的时候，房间的电视声会自动减轻，你信不信？"

店员瞪大了眼睛，以为是天方夜谭。

我们说完，把 iPad 从袋中取出，对方惊诧："这是什么？"

"韩国制造的手提电脑。"我们用手指遮住那"苹果"标志，看得那个笨蛋啧啧称奇。

何藩

有些老友，我忽然间想起，就会特别思念过往相处的一段时光。何藩，你好吗？

让我洗刷记忆吧：何藩是二十世纪五十至七十年代、在国际摄影比赛中连续得奖二百六十七次的人，曾被选为"博学会士"及"世界十杰"多回，著有《街头摄影丛谈》《现代摄影欣赏》诸书。

当年，阳光射成线条的香港石板街、菜市、食肆，皆为他的题材。虽然以后的摄影家们笑称，这类图片皆为"泥中木舟"的样板，但当年不少游客，都被何藩的黑白照吸引而来，旅游局应发一个奖给他。

硬照摄影师总有一个当电影导演的梦，何藩不例外，一九七〇年拍摄实验电影《离》，获英国宾巴利国际影展最佳电影。

之前，他已加入影坛，当时最大的电影公司有邵氏和电懋，他进了前者。在《燕子盗》一片当场记，影棚的人看他长得白白净净，做演员较好，就叫他扮饰妖怪都想吃的唐僧，非常适宜，他接连拍了《西游记》《铁扇公主》和《盘丝洞》数片。

他还是想当导演，导演一九七二年首部作品《血爱》之后，以执导唯美派电影及文艺片见称。

何藩每次见人，脸上都充满阳光式的微笑。和他一块谈题材，表情即刻严肃，皱起八字眉，用手比画，像是一幅幅的构图和画面已在他心中出现，非常好玩。

也从来没见过脾气那么好的导演。他从不发火，温温吞吞，公司给什么拍什么，一到现场，他就活了。

给多少钱制作他都能接受，他以外国人说的"鞋带一般的预算"在一九七五年拍了一部叫《长发姑娘》的戏，赚个满钵。

所用的主角丹娜，是一位面貌平庸的女子，但何藩在造型上有他的一套，叫丹娜把皮肤晒成黝黑，加一个爆炸型的发式，与她以清汤挂面的长发造型判若两人完全相反，她又能脱，实在爱死不少年轻影迷。

何藩已移民外国，听说子孙成群，不知近况如何，甚思念！

牟敦沛

　　牟敦沛属于二十世纪七十年代的前卫人氏，一来邵氏，就住在我们那栋宿舍楼里面。我们经常一起喝酒作乐，聊聊各地的旅行经验。

　　一九六九年，他在台湾导演了较有智慧的电影《不敢跟你讲》和《跑道终点》，大受好评，但不卖座，就流浪去也，到过非洲和欧洲。

　　当年的邵氏，像好莱坞一样，求才若渴，也敢大胆用新人。由张彻提议，从台湾请来邱刚健写剧本，后来也将牟敦沛罗致，让他拍了《奸魔》《剪刀石头布》《捞过界》《连城诀》《碟仙》等片子，其中在一九八〇年拍的《打蛇》，更被誉为另类文化的邪教电影（Cult Movie），至今为人推崇。

　　牟导演长得高瘦，满面胡须，戴个无框眼镜，一副艺术家派头，是模仿当年的嬉皮士作风。本人也行相一致，到内地时，买了中国第一架哈利·戴维逊到处飞，吸引了不少女子。

其女友都是港台大明星，有一次跟相恋多年的演员女友分手，还开了一个大型的记者招待会，轰动一时。当年的影坛男女分手，皆低调处理，只有他别开生面，比起后来的艺人离婚记者招待会，早了数十年。

离开邵氏，牟敦沛转到内地发展，拍了一部叫《黑太阳七三一》，剧情血腥暴力。他为了求真实感，跑到东北零下数十摄氏度去拍外景，连挨几个月，不是没有苦功的。

这部讲日本人用战俘做人体实验的电影，空前地卖座。牟导演自此享尽他认为的荣华富贵，买了辆大型老爷车，聘请了一个菲律宾司机，并嘱其穿上制服。再购入一木制游艇，时常出海作乐。也娶了一位大学教授，年轻貌美，住免费大宿舍。再接再厉，拍了一部续集式的片子，就没那么好运气了。

最后，夫妻俩移民到美国。据说牟敦沛还一直没有放弃他当导演的梦想，不断地提交新计划，但却不了了之。

牟导演，别来无恙？

丁茜

星海之中，不是颗颗闪亮，其中一位叫丁茜，少有人记得。

丁茜，一九四四年出生，香港人，年轻时已很有理想，演话剧多出，为垦荒剧团的台柱。用"垦荒"这个名字，确实是这个意思，话剧界当年在香港是不受重视的。

后来，她加入南国实验剧团——邵氏的演员训练班，由顾文宗先生主掌，造就不少红明星，像郑佩佩和岳华等人。

本名周坚子的她，一九六四年毕业后签约邵氏，当基本演员，她的面貌和演技皆突出，只是个性孤僻，一直没有担正。

参演的作品有：《钓金龟》《欢乐青春》《金石情》，台湾片名为《我爱金龟婿》《女校春色》《女子公寓》《亡命徒》等。

《女校春色》全片在东京拍摄，由邵氏请来的日本导演井上梅次担任，是他的旧作改编的。

其他导演，要是一有重拍的机会，一定把之前犯的过失修正，或加入新的元素、角度和剧情，至少在人物的描写上多下一点功夫。但我们的井上梅次不，他要求的只是片酬和速度，原封不动。

原片丁茜看过，对井上梅次甚为不满。虽然导演诸多爱护，但她不领情，有次还当面破口大骂导演，我见了倒颇为欣赏。

基本演员，入息有限，当年拍外景时公司提供外景零用和免费餐饮，丁茜一一省下，到了吃饭时就拼命大吃大喝。

扮演校长的是资深导演沈云，一直劝丁茜别吃那么多，会吃出毛病来。丁茜不听，结果真的病倒，弄到要送医院。如今提起虽是小事，那时候真的弄得工作人员手忙脚乱。

丁茜的"茜"，应念成"倩"音，为 qian、第四音，但一般广东人多叫"西"。既然是西，她与一位同期的学生拍拖，把他的名字改为丁东，据称后来两人也结了婚。

丁茜，若在街上遇到时，记得向我打一声招呼呀。

沈云

　　说起沈云，本名为沈灿云，江苏南通人，国立杭州艺专毕业，一九四八年来港，演过几部戏，作品有《菊子姑娘》《曼波女郎》《提防小手》《天地有情》《青春儿女》等，是金峰的太太。

　　金峰是广东潮州人，重庆大学肄业，本为舞台演员，与沈云演舞台剧结识后结婚。一九四九年一度从商，一九五二年开始拍电影，主演不少歌唱片，红极一时。他与多位女明星合演，像钟情等，但从未搞出绯闻，是位好好先生。

　　一九七一年，本为邵氏基本演员的他，借给了韩国的申相玉。在申导演的《哑巴与新娘》中，金峰得到第九届金马奖优秀演技特别奖。

　　本名方锐的他，是电影化妆界一代宗师方圆的儿子。方圆是典型的艺术家，蓄胡，全白，每日修剪，是一名美髯公，在

《船》片中一开始即粉墨登场，令人印象犹新。

七十年代，金峰和我合作过《齐人乐》《遗产五亿元》等片子，我们以潮州话对答，相谈甚欢，至今还一直怀念。

说回沈云，她是位贤妻良母，供养儿子到波士顿念书。一次去看儿子，下飞机后，他儿子准备了被单和野餐用具，沈云问去哪里，儿子不答。

一路，来到一个广阔的公园，找到一角，铺了被，让母亲仰卧看云，旁边有一交响乐团正露天表演。

这种情景，香港何处觅？沈云深深地感动了，决定举家移民。

到了当地，无所事事，沈云发挥出女人的天生本领，开了一家中国餐厅，由小变大，成为当地名人聚集的场所。

后来年事渐高，把餐厅卖掉，弄孙去也。

沈云的女儿是空中小姐，与邵仁枚先生的小儿子邵维锋相恋，维锋长得高大英俊，为一大好青年。邵家父母反对，但维锋始终此情不渝，也没违抗家命，不结婚而已。

如今思念这些友人，金峰和沈云，外国生活如何，你们好吗？但愿无事常相见。

樱桃

这次到山形县，主要是吃樱桃。日本到处有樱花，盛开时一片樱海，那么结成果实，不是不得了吗？

要知道，樱花树与樱桃树是不同的，后者属于玫瑰科。在瑞士已出土有石器时代的樱桃种子。靠渡鸟，樱桃分布于世界各地。

到明治初年，日本才从美国引入樱桃。但初期因湿气多，果实裂开，多为劣货，后来经过改种又改种，才有如今的成果。

世界上樱桃的种类一千种以上，日本约三十种，最著名的有"佐藤锦""高砂""南阳""拿破仑"等。

山形县东根市的佐藤荣助研究了樱桃种植十六年，为了避免雨水过多，搭篷来遮，开花后不让冰霜伤害，也要以温室处理，多种花粉的交配之下，于一九二八年成功推出。佐藤，发音为Sato，也有砂糖的意思，像糖那么甜，命名为"佐藤锦"（Sato

Nishiki）。

　　樱桃通常在五月二十日到六月上旬就能上市，但这时候的樱桃还不是太好吃，从六月中到七月上旬才是最成熟期，我们趁这时期到达果园。

　　塑料帐篷高有二十多英尺，盖着十几英尺的樱桃树，任采。日本人一向爱干净，故问："核怎么处理？"

　　"丢在地上好了。"园主回答。这下可乐了，大家乱吐。一下子吃了几十颗，应该够本。在东京的"千匹屋"高级水果店，一小木盒二十粒，卖到一万多日元不出奇，平均一粒为港币二十元左右。

　　但是真的有砂糖那么甜吗？又不是。园主说愈高的愈好，我们都爬上梯去，采到另一种叫"红秀峰"新品种，较佳。园主又拼命解释，说今年雨水特别多，搭篷也挡不住。我们无奈，希望明年造访时再吃。

　　回到餐馆，山形县的知事吉村美荣子，奉上一盒红似西红柿的"红秀峰"，那倒是像当地人说的"田中红宝石"了，甜到不得了，与美国、澳大利亚的紫色品种相比，天渊之别。

隔着一连串的高峰山脉，山形县从前是不毛之地。由出名的《阿信》的电视剧中看到的背景，都为风雪封罩住。

新干线打通后，从东京出发，两个多钟头便能抵达。物流疏通后，当地种植大量水果树，出产的水果迅速运到全国也能保持新鲜，盛产水晶梨、葡萄和樱桃，成了水果王国。

好处数之不尽，水果之外，大米也丰收，出名的品种，有发亮的"妃姬"，又名为"山形九十七号"，煮出来的饭白白胖胖发着光亮，不逊新潟的越光米。

清澈的"最上川"，游客可以乘筏顺流而下，春夏秋冬各有美景。

有了好米和好水，当然酿得出好酒。那瓶一点八公升的"十四代"，一入口即能令人分辨出与众不同，恨不得一口喝光。但产量极少，到名胜"山居仓库"参观一八九三年建造的米仓时，可在里面的面店买到一杯来尝，价钱可不便宜，一个威士忌一口小杯要卖到百多块港币了。

县内温泉乡无数，拥有一百多间好旅馆，分布在绍山、汤野滨、赤汤、天童、上山、寒河江、温海等地。我们试住过不少，平常的居多，最高级的也有好几家。

到了冬天，藏王的树冰是滑雪区的标志，好动的人不愁没地方去。因为山高，雪不易融，从十月一直可以玩到翌年四五月。

中国的寺庙有很多都建于高山之中，日本承续这个传统。山形县内的"山寺"已有一千二百年历史，千阶石梯直上，途中石碑、石佛、老杉树的奇景不绝，但要绝对诚心的信徒才爬得上去。

最近，此地又因拍了《葬礼师》而出名。山形县大搞电影事业，开发了一个"庄内映画村"，占地数百亩，有古街道、桥梁及布置好的场景，又提供不少优裕的助摄条件。今后拍古装片的工作者，可以吃得好住得好了。

黑泽铁板烧

回程经东京，又到"黑泽"去吃铁板烧。这家店我从前提过，这次印象特别深，重新详细介绍。

此店就在银座附近，躲在鱼市场筑地的一条小巷里面，由一间有八九十年历史的木屋改建，从前是艺伎头子的住家，女艺人都住在里面，由此差遣到周围的高级餐厅"料亭"去娱客。

门口有木头的牌子，写着"黑泽"二字。是的，就是由黑泽明导演的老家搬来，此店由他妹妹经营。另外在永田町、六本木和西麻布有分店，卖的是 Shabu·Shabu。

一进门就可以看到《乱》的海报，另有多幅黑泽明亲自画的人物原画。旧照片也多，其中之一是哥普拉和卡尔来现场朝圣，与黑泽明合影。

我们光顾多次，已知吃什么。初次来此的客人，侍者会献上餐单，参照电影剧本设计，让客人选择鱼、肉或其他食物。佳酿不少，黑泽明爱喝的威士忌种类众多。到了最后，所有好酒之徒，都会喝单麦威士忌。

先上一前菜，鳗鱼、红西红柿仔、牛肉刺身，接着便是海鲜。今天准备了瑞士小龙虾，与一般的所谓挪威海螯虾不同，肉多，头上的膏也饱满，淋上豆豉做的酱汁，和生蔬菜一起让我们品尝，味道实在香甜，烧得刚刚好，由生的变为略熟而已。

鲍鱼是选最大只的，有些团友吃完要了壳拿回去当纪念。这是第二道菜。

压轴的是主角的松阪牛肉，千万别叫什么薄烧，一片片薄得透明的包着蔬菜，一点滋味也吃不出。铁板烧绝对要吃厚厚的大块牛肉，烧后外层略焦、里面还是鲜红的最佳。

师傅没有玩刀弄舞，平平实实地切肉，最后的饭，炒完放进碗，还要压成一片片，烧成饭焦，铺在饭上，与别处尤为不同。

蹂躏

在日本旅行，途中乘新干线，和其他乘客一样，买多本周刊来消磨时间，其中有《周刊文春》《周刊新潮》和《周刊POST》等，皆有大篇幅报道：中国人的入侵。

首先，有《北海道如今卖给中国人》，说距离千岁机场十五分钟的二世古地区，建了十七栋房子，都被中国人一下子买光了。

建筑集团的老板接受访问，还说："客人买这些别墅都是用来长期度假的，目的不在投资，将来盖一千栋来卖，是我们的目标。"

房子一共两层，有花园，面积三千八百英尺，连土地权，卖二千八百万到三千五百万日币，以港币汇率八点五计算，折合港币才二百三十八万到二百九十七万五千元，以人民币汇率来算，更是便宜得令中国人发笑，里面还包括最新电器和家具呢。

"会不会成为唐人街?"当地居民担心。政府才不管,如今日本已穷得见底,首相又说要把税提高至十个百分点,民众生活苦不堪言。北海道得到国家的资助很少,当地政府差一点破产,有阔客来花钱,当然欢迎。

加上《非诚勿扰》一片外景的吸引,中国人对北海道情有独钟,中国南方人又对雪迷恋,北海道的确是理想的观光地。如今比罗夫的滑雪场和温泉旅馆,都成为中国人的产业,售价才十亿日元,相等于八千五百万港币,在半山也买不到一家像样的屋子。

另一篇报道更是悲观,夸大其词,说中国人随地抛垃圾和吐痰,并留下排泄物。有一家酒店更是只接中国客,大家都说:"让中国人集中在一起,要脏就脏吧。"

其中害群之马当然有,但是中国人到了日本也懂得守礼,争先恐后地排队不出奇,但是像日本人所讲的恶劣行为还是没有的。

怎么说都好,赚钱最要紧。日本人绝对不会抗拒中国游客的,文章用了日本被中国人"蹂躏"两个字当标题,我看到了,感到特别好笑而已。

女人当厨子，我不觉得有什么不行，尤其是西餐。中餐的话，抛大锅时缺少力气，但也能以小一号的铁锅克服。

认识了数名女师傅，她们做出来的菜皆细心，与男大厨的风格又不同，虽说这世界男女不平等，但绝对可以说各有千秋。

麦洁儿（Kit Mak）在《美女厨房》等节目出现过，大家对她的印象来自"美女"二字，反而看不到她的特长。直到一天，她来参加我的拍摄，又一起去广州表演厨艺，才对她另眼相看。

第一，她的好奇心极强，这是做任何事最需要的。看她把未试过的菜式都送进嘴里，吃得津津有味，我就知道她的求知欲是强烈的。第二，此人好酒，我拿去的那瓶当烧菜用的清酒"十四代"，她一见到，把做剩的大半瓶咕嘟咕嘟一口吞完，接着的那瓶用过几滴的威士忌也干掉，面不改色。

我欣赏吃东西的人，但如果其酒量不佳，不算完美；面对一个食家，如其不懂得下厨，那只能说是半个。这点，麦洁儿都能做到。

一般食谱，出得太多，书店架上排列得满满的，取下数册，回家一看，大同小异，文字又枯燥，毫无趣味性可言。

麦洁儿的新书《美味的童话》，和写作人林伊洛合作，由前者提供做法，后者讲爱情故事，清新可喜，值得一读。

全书分成四章：第一，你是谁？第二，爱你还是他？第三，当虚幻变成真实时。第四，要得，便要先舍得。

情节之中讲出中西餐文化之异，又有相同之处，另加上食谱的点缀，叙述少女恋爱的情怀，比一般平常的爱情故事精彩得多。

主题是爱的勇气，也配合了尝试做菜的勇气，其实二者，是一样的。最近上微博，很多年轻人对这两样东西都感兴趣，我会推荐大家去看，减少他们对我的发问。

鲱
鱼
的
味
道

有一则外电新闻，说荷兰人看到法国人推销"宝血丽"新酒成功，自己发明了卖新鲜的鲱鱼，六月底发售，成为时尚。

荷兰人真的很爱吃鲱鱼，街头巷尾各有一档，客人站着，向小贩要了一客，拿起来，抬高头，整尾吃下去，而且是生的。

其实这只是一个印象。真正的荷兰鲱鱼，炮制发酵过，并非全生，吃时拌着洋葱碎。遇到新酿好的，一点也不像想象中那么腥，甜美得要命，不吃过不知其味。

整尾吃，虽然形象极佳，雄赳赳，像个吞剑士，好看得不得了。但这种吃法，洋葱碎都掉在碟中，没有它来调和，味道逊色得多。

最佳吃法，是请小贩把鱼切成四块，捞起洋葱碎一起细嚼，才能品尝到它的滋味。而且，一边吃鱼，一边喝烈酒，才过瘾。

酒名陈酒（Korenwijn），是用麦芽提炼又提炼，至最强烈状态，无色亦无香，像喝纯酒精。喝的方法也得按照古人，那是用中指、无名指和尾指勾住大啤酒杯的手把，再以拇指和食指抓住盛有陈酒的小酒杯，徐徐倒入啤酒之中，再饮之。

这种喝法极难做到，但入乡随俗，可以买大小酒杯各一，在冲凉时练习，等纯熟了，到街上去，以此法喝之，小贩和路过的人，看到了都会拍烂手掌。

基于日本料理世界流行，吃生鱼已不是一件什么新奇事，对荷兰的鲱鱼感兴趣的人愈来愈多，当地人也说那是荷兰寿司，简单明了。

吃鲱鱼时，配的洋葱碎，令我回忆起洋葱花。丁雄泉先生的画室中插满这种花，白的红的黄的，似有一股强烈的洋葱气味，久久不散。

当年我常去阿姆斯特丹探望丁雄泉先生。今时他已仙游，我没有什么理由再去。不过，一想起鲱鱼，就怀念他老人家。为了鲱鱼，为了和丁先生一起去看的那棵大树，我还是会重访。

毛
病

　　试想，我们在飞机上，睡不着觉，不想看书，对电影、电视及音乐没有兴趣，吃东西又没有胃口，那做些什么好呢？尤其是那十几个钟头的长途飞行，如何挨过？

　　最好是玩电脑，和友人聊聊天，搜查一些新知识，时间很快就过。

　　如今，你的座位旁边有个插座，是为手提电脑充电而设，玩起什么《星球大战》的电子游戏固佳，写作亦行，可惜有一个最大的毛病，那就是上不了网。

　　为什么在半空中不能有这种服务呢？会不会是干扰航空运作？记得上飞和下降时，空姐都关照不许用电子产品呀。

　　如今的科技，是绝对没有安全的担忧，在空中上网，只要航空公司肯装上一个 WiFi 系统，就像星巴克那么简单。

　　用的是人造卫星，当然得付费，但羊毛出在羊身上，向乘客索取好了，相信他们也不会计较，尤其是在闷得发慌的时候。

其实，早在十多年前，德航有过这种服务，后来不知为何停止，可能是信号不够完善，近来听说要恢复。

几乎所有的美国国内航班都装上了 WiFi，为什么东方的国泰和港龙那么大的机构还没有呢？

上了网，还可以用 Skype 来通免费国际电话，那更是一举数得了。当然希望早一天实现，但实现了，噩梦又要开始。

有过坐直通车到广州的经验就知道，许多所谓的国内大亨，在车上大声向手下喝令，那种声音的污染，是很难受得了的。

这点又要说到日本，他们在火车上是绝对不用手机通话的，若有急事，也会自动走到车厢与车厢之间的空位去小声对话，那是基本礼貌，绝对要遵守才行。

日本人的这种礼貌根深蒂固，所以他们最早发明用手机发短信，一切联络，在默默中进行。他们操作手机键非常纯熟，甚至许多年轻人渐渐不会用笔写字，所以问题也大。但说什么也好过噪音。

又有杂志要来做访问。大家以为是不必给钱的，你要出名嘛，我们为你宣传，不向你要已经算是客气的了。

其实，对于一个以写作换酬金的人，挖空他们的灵感而没有收入，是一件非常不公平的事。马克·吐温也说过类似的话。

不过为取得心理平衡，我还是以问题作为写这篇东西的题材，赚一点稿费。为避免贪财之嫌，今后酬劳当成捐款，任何慈善机构都行。问题如下：

一、若要选择一个最值得去的地方，是何处？选择这个地方的原因是？

答：西班牙的依碧莎（Ibiza），一个嬉皮士的坟墓，一个白沙碧海、生活悠闲的小岛，就在巴塞罗那对面，可以洗涤心灵的地方。

二、对这个地方有没有旅游贴士，例如哪个季节去最好？

答：四季如春，什么时候去都好。

三、这个地方带给你的回忆是什么？

答：啊，我最爱这个故事，重复了又重复。大清早，我遇到一个老嬉皮在钓鱼，海水清澈见底。我看他面前游的是小鱼，旁边有更大的，向他说："喂，老头，那边的鱼更大。"他回答说："这位先生，我钓的是早餐。"

四、当地会不会给你带来一些灵感？和香港的民风有何不同？

答：已经在上个问题回答了。

五、对住宿有没有特别要求？

答：到了那种像仙境的地方，随遇而安。

六、喜欢拍照吗？用什么相机？

答：如今在微博上有网友要求照片，我只好用 iPhone 拍了传出去。

七、若重访，最想是和什么人一块去？

答：一个美丽、聪明和有幽默感的女人，岁月和沧桑，都没有在她脸上留下任何痕迹。

雅加达

和"国泰假期"的友谊，建于十多年前拍《蔡澜叹世界》时，当时的电视节目是由他们独家赞助，自此关系良好。

前一任的掌舵人"九肚鱼"人瘦长，但怎么吃也吃不饱。如今她调任高职，接管的董事总经理李彦霖，原来是国泰驻印度尼西亚的代表，我一听，对路了，到雅加达去，不问他问谁？

大家决定开一条印度尼西亚的新线，我就和他一起去探路，很多餐厅都由他推荐，事半功倍。

友人常问我："雅加达那么近，你为什么不早组团去走走？是不是吃的没那么好？"

刚好相反，印度尼西亚的饮食文化有很长远的历史，变化也多，就东南亚料理来说，是最丰富的。至于为何没想到要去，是雅加达的交通，一堵起车来，很近的距离也要花一个小时，绝不出奇。这次行程，我的要求是：所有餐厅都得集中在一区，从酒店出发，吃完了回来，回来后又去吃。除了购物，任何地方都不去，有没有这种把握？李彦霖拍胸口，说交给他好了。

从赤鱲角，到曼谷、西贡等地，只要两个小时，飞新加坡四个钟头，印度尼西亚在新加坡西南面，得再走半小时，路程不算近的。早上十点出发，加上时差一个钟头，抵达时，已是下午两点了。马上到机场和旅店中途的餐厅去吃，试的是巴东菜，最为港人熟悉的巴东牛肉，就是来自此地。

巴东菜的特色是把所有佳肴都煮好，一盘盘放在架子上，客人看到什么喜欢的就点什么，师傅加热后拿到桌上来。

这一下子可好，肚子一饿，一下就叫了三十多碟，一样样仔细品尝，把最好的记下。同行的"国泰假期"特别项目及团体销售经理黎婉儿，她也是又瘦又长，但比"九肚鱼"更厉害，永远吃不饱，一一记下。

还有拍档苏玉华与各杂志记者及摄影师，一队人浩浩荡荡，将所有食物扫光，没浪费。

（雅加达之旅·一）

巴东餐

吃完了这家巴东餐，又到附近的另一间去。巴东菜种类多，不叫重复的，也试不完。在其中选一家最好的。

所谓的巴东牛肉，像四川的担担面一样，各家做法都不同，有的干瘪瘪，有的水汪汪，但说到正宗，总有个谱。与来自巴东的大厨研究一番，他说正宗的应该是干的，先用各种香料把牛肉腌制过，再慢煮。

"慢煮？"我说，"原来你们早就懂了，不是洋人发明的。"

大厨点头："一般说至少三个钟头，但这要看什么牛，不能一概而论，我通常要花四五个小时。洋人慢煮，至少七八个钟头。但他们是一大块肉去慢煮，我们切开，不用那么长的时间。材料主要是红辣椒和味道重的香茅，接着有大蒜、姜、南姜、洋葱、芫荽根、茴香、肉桂、黑胡椒、月桂叶、丁香、罗勒子、青柠檬叶，别忘记加点刺激性的虾膏和浓黑的酱油，我们叫印尼甜酱油（Kecap Manis）。"

"不下椰浆吗？"

"你不说我都没记起来。一定要用鲜榨出来的老椰子椰浆，这是最后才加的，不能滚，一滚，椰油味跑出来，会破坏整个巴东牛肉的味道。"

"是的，很多人不懂得这个道理，其实煮新加坡叻沙，也是一样，椰浆不能滚。"我同意。

巴东名菜还有炸鸡，肯德基也有炸鸡，但和巴东的炸鸡有天渊之别。大厨一面炸一面用剪刀剪开里面的部分，让整只鸡炸得干脆。

另有海带绿咖喱、鱼头、辣椒茄子来煮的巴丁鱼肥得很，非常好吃。豆角素菜也美味，黄姜牛筋很特别，臭豆炒虾、炒生大树菠萝、酸杂菜、鸡蛋咖喱等等，还有一种不是人人敢吃的炸牛脑。

还有吃不完的甜品，苏玉华看到怀旧的棒冰，一连吃了四五根。

（雅加达之旅·二）

酒店和购物

捧着圆圆的肚子，进城。

刚好遇到拥堵时间，这次可要遭老罪了，雅加达一塞车，不是开玩笑的。

交通问题是人为的，曼谷从前在此方面恶名昭彰，但建了几条高架，得以疏通了。首尔设电子管制，又有巴士专线，也解决了。

雅加达人也想出种种方法，像要进入市区，一辆车必须有三个人以上的乘客才行，不然将受罚款。

上有政策，下有对策。此举造成了马路上的怪现象：你经过时，会看到街边站满人，有的举着一根手指，有的举着两根。

这叫"租人"，只要付十块钱港币，就可以租到人头，来填满每辆车必须有三个乘客的配额。那些举起两根手指的妇人，怀中抱着个孩子，算两个人头。举一根手指的真是莫名其妙，多此一举。

当然，客人会挑些外貌清秀点的，尤其是少女，最吃香的了。

还好，没有想象中那么坏，我们三十分钟后抵达下榻的酒店。车辆进入要受严格的检查，客人也得经过像机场的 X 光机，方能走入大堂，安全措施做得十足。

放下行李后，再去看其他最高级的酒店：凯悦，大堂宏伟，但房间普通；凯宾斯基最新，房间没有老派的豪华，也无新派的抽象；丽思卡尔顿有两家，新的那间房间特别大，可以考虑。

我们下榻的文华，建筑物已旧，只几层高，胜在最近才重新装修完，而且比普通房高一级的豪华房很宽敞。雅加达最大的购物中心就在文华的对面。

走进商场一看，所有名牌林立。但我们不是去买那些东西的，专卖印度尼西亚产品的有好几层，应有尽有。另一家土产中心路程远一点，也看过，东西贵得不合理，是宰游客的地方，不会去了。

印度尼西亚货币叫盾，数目大，但只要遮去后面的三个零，就是港币了，很容易换算。

（雅加达之旅·三）

按
摩

晚上，我们到一间装修得古色古香的皇室料理餐厅，吃的是与巴东菜完全不同的东西，价钱不菲。

先上的一道沙嗲就慑住人，一个五六英尺长的木盘，放着各色各样的沙嗲，有的用竹签串起，有的用香茅，有的用甘蔗，蘸的酱料也各异，接着是咖喱，总之吃个没完没了，都是在香港尝不到的。

这次主要的目的，是让香港的客人知道，印度尼西亚菜不简单。整个印度尼西亚有一万七千五百零八个岛，其中六千个可以住人，人口二亿四千八百万，是世界上第四个居民最多的国家，又有长远的历史，近三百五十年受过荷兰统治，但是到了荷兰，发现印度尼西亚菜反而变成荷兰的国食，你可以想象它的文化是多么的优秀。

我们在接下来的那几天，非常努力地吃完爪哇、苏门答腊、苏拉维西、加里曼丹、巴厘岛等地区的佳肴，就不一一枚举了。下次带团来，选出最精致的，让大家好好享受。

吃的有了把握，但拥堵的交通，是我们控制不了的。

对策是：入住一家市中心的酒店，所有餐厅都选在方圆两三公里之内，购物商场亦是。总之，吃完睡，睡完吃，车怎么塞，也不会花上半小时，进出都是有冷气的地方，天气怎么热也不怕了。

还有一种令人身心舒服的事不可不做，那就是印度尼西亚式的按摩。我们找到一家最高级的，可以享受爪哇按摩和巴厘按摩，与泰国的不一样。团友们做得过瘾的话，可以牺牲一个午餐，从早做到晚。地方干净雅致，许多印度尼西亚政要都是常客，可以放心。

至于早餐，总不能老是在酒店里用，征求了当地老饕的意见，找到一家叫 Gado Gado 的，去试过。印度尼西亚式的叻沙最为出色，炒饭、炒面皆佳。还有加多加多的小吃，一吃即难忘。

（雅加达之旅·四）

行
程
表

已到尾声，可以组织一下了。黎婉儿最为细心，已有记录参照。我们商量后，觉得好吃的餐厅太多，三天的旅行是不够的，决定了四日的节目，行程表如下：

第一天，抵达后先来一顿巴东大餐，食物有二三十种，先上两尾大头虾，镇一镇胃。接着入住酒店，休息一下，再到皇家餐食肆去大吃一番，地方堂皇，东西好吃，保证满意。

第二天，早餐于酒店吃，中午到巴厘餐厅去吃"污糟鸭"。所谓污糟，并非指食物，巴厘岛人养鸭子是散养的，鸭子会时常跳到餐桌上，弄得桌布一塌糊涂，因此名之。除了要传统的炸的，还来烟熏，各半只。不吃鸭的客人安排别的肉类，该餐厅的罗宋甜品非常出名，不可不试。

中午购物。晚上到一家著名的爪哇餐厅去，一下子推出一个大得不得了的黄姜饭，上面铺满佳肴，大家一定会"哇"的一声叫出，接着另有无数的鱼肉和甜品供应。

第三天，早上和大家出去吃早餐，印度尼西亚式的炒粿条和槟城的一样，配料特别多，还有色拉、叻沙和印度尼西亚炒饭等，供自选。

接着去按摩，早上和下午皆可安排。中餐在一家充满殖民地色彩的高级餐厅吃传统印度尼西亚餐。

晚上压轴的是苏拉威西菜，有辣的和不辣的，包香叶的海鲜很著名，其中有一道是包着鱼春的，吃了令人难忘。店里菜式特别多，为客人安排了十几道精心挑选出来的，另外客人还可以自我挑他们爱吃的，并且任添；甜品一流，榴梿冰吃个过瘾。

第四天早上在酒店吃，中午吃万雅老地方菜，炸香蕉的甜品与星马的不同，非常美味。

中间当然有名胜的观光，那是自由行，喜欢的人参加，不然在酒店睡大觉或做水疗，接着去机场。

四天行程很快就过去，回来之后，可以告诉朋友，什么是印度尼西亚菜。

（雅加达之旅·完）

又去雅加达，探路时已报道过，不赘述。

我们入住的东方文华酒店，是老建筑翻新，房间相当宽敞，属五星级，但管理人员的配合并不完善。对面的那家新的凯宾斯基酒店（Kempinski Hotel）应该较好吧，和大型购物中心连在一起，不必兜很远的路即能抵达。

不过东方文华也有好处，就是经我上次投诉之后，在门卡套上已写明上网的密码。我一进门即想玩微博，可惜接不通，后来酒店派一个专门负责 IT 的人才来，弄了老半天，才接通 iPad。

至于那个和记 3 的 3G Day Pass 数据漫游的计划，买了也等于白买，全派不上用场。为了表示公平，我在韩国、意大利和这次的雅加达三地都试过，接通都有问题，只得承认这是麻烦诸多的一项"服务"。

到了雅加达，买什么手信呢？多数人喜欢的，就是当地的炸虾片了。百货公司的地库是超市，所卖的干虾片种类很多，最好的牌子叫 Ny Siok，分虾片和鱼片。虾片买回来，炸时要用一大锅油，很多主妇都不肯做，交给家政助理，又担心油浪费得太多。

其实有一方法，就是放进微波炉中，转一转，即刻膨胀，但并不好吃。秘诀在于放进微波炉前，先搽一层油，那么味道就和油炸的差不远。用植物油也可，但猪油最香，至于要转多少分钟，那要看你的炉的大小和型号，反正不是很贵的东西，用几片当成实验品，一两次失败后，后面就会成功。

丝质的沙笼布也值得买，在家里包它一包，走出来在家政助理面前不失礼，又比穿睡衣方便。百货公司的沙笼布贵得离谱，我在一家吃黄姜饭的餐厅买到了物美价廉的，这家餐厅食物水平又不错。

餐厅名：Harum Manis。

地址：Pavillion Apartment- Retail Arcade, Jl. KH. Mas Mansyur Kav. 24, Jakarta。

　　在印度尼西亚花钱，动不动几万到几百万盾，有富豪的感觉。印度尼西亚币发音为卢比，汉语称为"盾"。别以为不好换算，其实遮去纸面那三个零，就等于港币。比方说买件衣服三十八万，就是我们的三百八十块港币了。

　　好吃的餐厅，有一家叫 Garuda，它的标识是一只鹰，印度尼西亚航空公司的标志，卖的是巴东菜，有我们熟悉的巴东牛肉，但其实食物都摆在架子上，看到什么点什么。烤鸡最受欢迎，他们做的也实在好吃，用的是腿又瘦又长的放生鸡，香港人叫马来鸡，取笑高瘦的女子。

　　跑去看他们炸，原来用一大锅滚油，炸时不用长筷，而是一把剪刀，看见通常不容易炸熟的翅，就用剪刀剪开。

　　地址：Jalan Raya Pluit Selatan 10, Jakarta。

　　最高级、气氛最好的餐厅是一家叫 Lara Djonggrang 的，幽幽暗暗，布置得很有印度尼西亚特色。吃的东西多数是烧烤，用一只大印度尼西亚木船装住，里面食物应有尽有。但是，味道普通，我们试吃还觉不错，一大堆人去，就嫌菜上得慢，如果带不会吃东西的女友出来，倒是很好的选择。

地址：Jalan Teuku Cik Di Tiro 4, Menteng, Jakarta Pusat。

雅加达为首都，全国什么地方的菜都有。不去巴厘岛，也可以在一家著名的餐厅吃到那边最著名的炸鸭，做法和炸鸡一样，也是用剪刀，除了炸鸭，熏鸭也不错，不过吃了炸的，熏的就逊色了。那里的甜品黑罗宋芝士蛋糕很出名，下了大量的伏特加酒。

餐厅名为 Bebek Bengil。

地址：The Ubud Building, Jalan H. Agus Salim, 132, Menteng, Jakarta Pusat。

莎菲姐

报上传来欧阳莎菲在美国病逝的消息，闻后甚怅。

欧阳莎菲，生于一九二四年九月九日，本名钱舜英，江苏吴县（现苏州）人，十四岁到上海惠罗公司当店员，十六岁考入金星影业演员训练班，成为最小的学生，十七岁就参加《春水情波》的演出。

抗战胜利后，莎菲主演屠光启导演的《天字第一号》，红遍全国，并嫁了给他。后来，莎菲交上有妇之夫洪叔云，造成婚变。

二十世纪六十年代，莎菲在港签为邵氏基本演员，转为老角。一九七九年在美国又和屠光启复婚，八十年代初到台湾拍电视剧，最后又回到美国去。

在东方，一代巨星并不多受尊重，没有像外国那样，一出场就受全体起立敬礼的厚待。她在邵氏片厂的那几年，甚为低调，不太出声。

我们到底是受传统教育长大的，当然对这些前辈毕恭毕敬，一直以莎菲姐称呼，她心中有数，点头称许。

我与她合作过《齐人乐》和《女子公寓》。我当年甚感工作的压力，忙得团团乱转，也没有好好坐下和莎菲姐长谈，至今后悔。

只记得闲时大家聊了几句，莎菲姐一口浓浓的吴语腔，非常温柔，讲话时有种慢吞吞、风情万种的感觉，好听极了。

莎菲姐坦诚可爱，有什么说什么。谈起了屠光启，她说那个死鬼，不提也罢，反正不是我错在先。淡淡几句，说明是因为屠光启在外胡搅，方致他们婚变。

电影圈盛传的是，有一奇女子，身上三对乳房，一共有六个咪咪，大家心照不宣，指的是莎菲姐，连李翰祥也这么说。

我听到了十分反感："你们这些人又没亲自看到，胡说些什么！"

到了我这个年龄，有何避讳？如果回到当时，必然亲自问她，相信以莎菲姐豁达的个性，也会给我一个答案，或是掀起上衣示之也说不定，但绝不带淫意。

若确定了，我也不会公之于世。让这个谜，和莎菲姐一起，葬于加州。

我微博里的问题，问的多数关于饮食，也有感情疑难，一一答之。

中间也有一些刁钻的，像有位网友问我："台湾的民谣《天乌乌》，其中说到阿公阿婆在泥中掘到的'漩鰡鼓'是什么东西？"

我回答是泥鳅，但为了求证，我还是找到台湾友人，彼方对民谣深有研究，先将原来歌词写下：

　　天乌乌，欲落雨。阿公仔举起锄头仔要掘芋。

　　掘啊掘，掘啊掘，掘着一尾漩鰡鼓，伊呀嘿，都真正趣味。

　　阿公仔要煮咸，阿妈仔要煮淡，两人胡打弄破鼎。

　　伊呀嘿，都嘟当锵当呛，哇哈哈。

由于台湾属于四面环海，下雨相当频繁，而且雨中情景格外富有诗意，也是写作的最佳题材，《天乌乌》就是这些描写下雨旋律中，最历久不衰的被人民所传唱的名曲。

一般认为，《天乌乌》为台湾北部民谣，其实发源地为细雨不断的金瓜石。

金瓜石是怎样的地方？原来是一个金矿，早年挖出不少大块金来，后来传说已被掘完，荒废了。日本入侵台湾时，也派大队金石专家去研究，结果不了了之。如今，尚有地质学家不断前往探取，探索频道曾拍过一部有关的纪录片。

歌词中述说阿公阿婆为了泥鳅的煮法，吵个不可开交，表达了农民丰富的想象力，加上乐观逗趣的情节，令人津津乐道。

乡土民谣专家林福裕先生依据语韵将之编写，并由"幸福合唱团"首演，录成唱片。

香港的老一辈人或许也记得此曲，是因为在二十世纪六十年代，蔡东华先生引进了台湾歌舞团在港表演，所跳的舞大家已无印象，但这首《天乌乌》的旋律，十分易记，还有人哼得出来。每逢我看到天快下雨，也必然轻轻唱起："天乌乌……"

仙境

今年又去日本的冈山吃水蜜桃了。

同样在关西机场降落，住大阪一晚，翌日再出发。

Ritz-Carlton 的经理已在大堂等候，见我一到，即刻说："你要的 WiFi 我们已经替你安装好了，进房间就能使用。"

"酒店大堂还是不行吗?"我明知故问。

经理面有难色："蔡样，你又来取笑我们。日本的落后，是给那些大机构绑死，互不相让，我们夹在中间，不知道用哪一个台，到现在还没装。"

放下行李，拿出 iPad，但也要经过多重手续，先由酒店打电话到 DoCoMo，说明房间号码，那么电信公司才能弄出一条专线，直接"射"到房里来，WiFi 的指示就出现了三条扇形的条纹，表示接通。

虽然看得到微博，但一回答网友问题，要等好一阵子才出现

"成功发表"的指示，比香港的慢了几倍，我又摇头。

隔天到乡下的温泉，汤原八景旅馆，去见我心爱的女大将，她还是那么年轻，一点也不老，我弯下腰去抱抱她。

本来以为上不了网，要把 iPad 留在大阪，但收拾行李时误放进小箱中。这下子可好，女大将告诉我："我们的大堂收得到 WiFi。"

这家旅馆就是有这么一个好处，虽然已有二十年历史，但女大将很肯投资，每年这加一点，那装修一点，有如新建。如今连这个日本人认为的新科技，也齐全。

吃过晚餐，把 iPad 拿到大堂，一面欣赏铜箫和钢琴的演奏，一面上网，同行的几位团友也各自拿出 iPad 来上。旅馆职员没看过实物，纷纷围了上来，大叫神奇。

第二天清晨五点起床，散步到对面的川边去泡男女混浴的露天温泉，天气清凉，水热，造成一层雾，飘在川上，像躺在云中，用 iPhone 4 拍了下来，放上微博，网友看到即刻回应："这岂非仙境?"

浪费

今年的水蜜桃比往年甜，我们在桃园中大吃特吃之后，又到一个包装工场。这是冈山县政府开的，所有小园主将收成后的果实运来，包装了才运输到全国去。

一车车的桃子放在输送带上，先由普通工人选定大小，再由专家检验含糖度，有十二级以上的才算合格。

分几个等级，我们选的是十三点五的白桃，属于皇家级，一箱十个，卖一万五千日元，相等于一千三百港币。运到东京，当然不止这个价钱。团友大买特买，不亦乐乎。

把桃子的照片发在微博上，网友们纷纷发表意见，说中国奉化的更好，我只微笑，不回答。

反应又涌来："我们这里的，可以把吸管插进去，一吸桃里的水即干。"

"那只是传说而已。"我忍不住回了一条。多年来，我询问又询问，一听到可以用吸管吸的，即刻赶去试试，但没有一次吃得到。到最后，有个山东园主把桃子抢去揉捏了又揉捏，插了支管，交回给我，命令再试。

我看到那肮脏的双手，心中发毛，只有赔笑："的确如此，的确如此。"

水蜜桃园，是每一年中我们办得最成功的，为了精益求精，酒店一再换好的，但汤原八景女大将那间是不变的。

这回一下飞机，晚上就在好友蕨野太太的牛扒店大啖三田肥肉，以前是留在最后一晚，如今是"下马威"，让各团友大感满足。

那么压轴的那一餐怎么办？又回到蕨野自己开的私房菜餐厅去，地方虽小，给我们包了下来。

蕨野大施拳脚，先来一尾巨大的野生活鱼当刺身，又烤了一只肥鸡和烧黑豚肉给不吃牛肉的团友。接着是刺身拼盘，又海胆又鲍鱼，到了最后最好的烤三田牛肉，大家已吃得撑不下去，但还是照样举筷，一面吃一面骂我东西点得太多，实在浪费。

为了争取到更多的网友，有求必应。

我一向以文字交流为主，不太喜欢摄影，但是他们强烈要求看图片，最后我也学会将照片传上网。

程序是这样的：先在"我的主页"上点了有支笔的格子，就会出现"发表新微博"的标题，中间有条黑线，显示一个相机的图案，按了下去，有"用户相册"一行。再点，出现"照片图库"，就可以从手机中拍到的照片选出一张你想发的，点一点，相片缩小，出现在相机格子的右边，这时可以写几个字，再点"发送"，就能传到网友的微博中了。

意想不到的是，一张图片的力量，相当于文字数十倍的功力，一下子上百条微博杀到，纷纷讲出观后感。

这么一来，又增加成千上万的网友。进一步，我把那个停了甚久的"博客"网更新，将专栏上一些受欢迎的文字刊出，在旁边加上和微博联机的方格，一点，又能把那边的网友拉了过来。

微博上发的相片，只能选最新拍的，之前的一些旧照，我在"开心网"又开了一个户头，依样画葫芦，又转到微博来。

不知不觉，我写专栏至今，已有三十年，最初被老作家们笑，说一个人一生只写一些，能够集成一本书，就是成绩表，你也只是这块料子。

努力坚持写，天天写，连进院开刀也没有停过，集成了一百五十本书。

出书当然带来不少收入，但是发表欲，始终是推动力。

印刷品的影响力，没有电子的厉害。如今有了微博，一下子有了那三十八万的网友，的确有点满足感，但网友没有报纸杂志或书籍的读者斯文，总要图片，总要追根问底寻挖你的隐私。我的答案是："我是一个将欢乐带给大家的人，其他问什么都行，但你不是想把我家里的人都公诸同好吧？"

微博网站：http：//t. sina. com. cn／cailan

道
滘
粽

受广东旅游出版社的老总李亚萍邀请，去参加当地书展，并做新书发布会。

一切安排好，从香港乘直通火车前往。到了出发前数日，接到"琉璃工房"的杨惠姗电邮，说来港见我，有事要谈。

我的行程已排得密密麻麻，无法招待，甚过意不去。后得知她这次是在深圳开展览会，事毕去港转机返台。那可好，在广州新机场也能飞去，不如约在深圳见面，乘车到广州，一路畅谈。

就这么说定。我二十日一早七点钟坐七人车由皇岗进入，抵达杨惠姗入住的君悦酒店，一共才花四十五分钟。

君悦没来过，规模宏伟，还不知深圳有这么高级的酒店。听司机先生兼友人的李兄说，还有一家新的香格里拉，更好。

惠姗和夫婿张毅以及助手小宇三位，一共有四大箱行李。我们这边有三个人前往，车子是装不进去了。请友人胡兄帮忙，他义不容辞，派来一辆特长轿车，外国人所谓的宾利元首级的，行李装在七人车，一行浩浩荡荡出发。

从深圳到广州，约两小时车程，我们谈笑风生，很快已进入东莞。

请司机在必经的道滘一停，目的是要买当地的粽子。我这一生吃过无数形形种种、大大小小、各式各样的粽子，最后发现，唯有道滘粽最好吃。

而道滘哪一家最好呢？询问过后，得知有间叫"佳佳美"的。车子抵达，原来是超级市场，也卖粽，但现蒸的，是再过去几家的那个老店。

好几大箩的粽子，店员卖个不亦乐乎。我们选最普通的蛋黄粽，即刻打开一试，馅中除了咸蛋黄，有肥猪肉及用糖煮过的黄豆，吃起来又咸又甜，但甜得不厉害，大家都是老饕，竖起拇指，说我讲得有道理。

另外看到马蹄糕，透明清澈，忍不住又买，甘蔗汁味极浓，又给我们吃到全国最好的了。

（广州之旅·一）

放肆

又是在白天鹅下榻，杨惠姗也喜欢这家酒店。她妈妈是广东台山人，从小听说在广东吃到这个那个的。这回跟着我到处去，她可以一一实现。

先在中餐厅吃了一顿，我觉得这家人做的点心不是太出色，但惠姗已吃得津津有味，饭后她们休息，我和李亚萍直奔会场。

这次的广州书香节，在中国进出口商品交易会举行，它是全中国最大的展览馆，正在扩建，将成世界最大的展馆。

面积惊人，书展只是用了琶州馆，已有香港书展的好几倍。离市中心有一段路，乘地铁可以直达。广州政府隆重其事，发了三十万张免费车票，在四百个点索取。

书展那么大，从何着手？幸好主题分得清清楚楚，有优秀出版物、南粤出版物、海外华文、人文、科技、生活、助学、童趣、古旧图书、绘本、音像以及小企业出版等版块。

再分集邮、日历、杂志、印刷艺术以及电子书等数十个分区，你对什么有兴趣，就走到哪里好了。

不然的话，一走进去就晕倒！展示的书籍，比挤进去的人更多。

我们这些所谓的写作人，出了一本书，就沾沾自喜。这种人，都应该到书展去，才知道自身是多么的渺小。

讲台上，两位主持人要和我对话，我看到下面的读者们已等得心急，即刻说不如马上签书，大家排好队，打了几个蛇饼一样的圈。

我不停地签，不断地仔细看看读者长得什么样子。大家都有礼貌，没有前拥后挤的现象，到底喜欢看书的人，素养是不同。

有些人拿了三十多本的藏本来签，我也不介意。翻版的，照签。轮到一位，说等了几小时，但我的新书已卖完，手里只有一本金庸先生的作品，很盼望我能留字，我被他的热诚打动，签了"蔡澜放肆"四个字。

（广州之旅·二）

外卖

签名会被官方截止，一个半小时中我尽量达到读者的要求，还有很多人照顾不到，不是我的错了。

杨惠姗赶到会场汇合，一起去吃饭，对我说："你真受欢迎。"

"老了才出名，好过年轻时出名。"我开玩笑地回答。其实比起其他作家，我算什么？只是游戏而已。

到距广州市半小时车程的番禺，那里有一家我喜欢的餐厅，叫"滋粥楼"。这个餐厅地方好大，有三层，大堂挤满客人，二、三楼包厅，也无虚座。

此店主打无米粥，把洗养得干净的白蛤放入粥水中当汤底，蛤肉可食，汤鲜，再以此灼熟各类河鲜。但今晚我要弄些小吃给惠姗怀旧，不叫了。

先上的是马岗酥脆鸡仔饼，里面有南乳和腊肉，对味了。惠姗吃完还打包回去，结果老板一人送一包。惠姗助手小宇一回酒店，即刻扫光，翌日我把我那包送了给她当手信。隔水蒸新造番禺芋头当然美味，接着来的紫色番薯虽颜色诱人，但不及黄番薯甜。

由云南运来的黑松露，果然有法国和意大利的香味。外国人一般剃几片，用来配菜。这里用来和松茸一起滚水雉汤，水雉是种长在湖边的鸡，很罕见，熬出的汤，甜得要命。

上了道蒸鱼，鱼叫金边龙脷，乍听以为来自柬埔寨，原来是长在咸淡水交界的，鱼边有两道金色的花纹，故称之。黄眉头是小黄鱼，也是海与河之间的产品，野生，很有鱼味，豆豉蒸之。

铜盘蒸冬虫草鸡，是否虫草，不去研究，但看这个又大又厚的铜盘，在三四分钟内就能聚热蒸熟，什么鸡都好吃。

惠姗初尝的甜品黄帝蕉，大赞。最后上的是伦教白糖糕，主人说其他菜都是自制，只有这一道从伦教叫的外卖，因为无法做得更好。其实，有自信的店，才会用外卖宴客。

（广州之旅·三）

布
景

翌日一早，尝重头戏：白天鹅的点心。

等惠姗来时，有茶客给我看报纸标题——香港美食家蔡澜，书香节上掀狂澜，报道昨日的活动，我笑说不敢不敢。

点心大师丘师傅，已为我们准备好灯芯草粥，大家到齐了上菜，用灯芯草、大朵的木棉花、发菜、蚝豉和眉豆煲出，用来驱热最佳，味道也好。

主菜为干蒸烧卖，我们一吃，就知输赢，手工剁馅，顶上一点蟹黄，不造作，真材实料，完全依照古法，精彩到极点。

肠粉用猪肉和苦瓜片包裹，白里透绿，色美味佳。麦皮叉烧包吃得人人赞好，还有无数的怀旧点心，最后出的流沙包，用黑芝麻当皮，像块鹅卵石，用筷子打开给小宇拍照片，流出鲜黄的蛋馅。

萨琪玛虽是东北地区甜品，但给广东人发扬光大，真做到入口即化。最出色的是马拉糕，切开后，看到细的、长的、大的几层不同的气孔，这才叫正宗做法。

太饱，一定要散步消化，我们一行走到白天鹅酒店附近的沙面，这是最具广州风貌的一处，古建筑林立，旁边种有参天大树。

"年纪愈大，愈喜欢看树。"张毅兄说，我当然赞同。

树多是樟木和细叶榕，树身插着块牌子，解释品种和树龄，皆百年以上。

"这才是印象中的广州。"惠姗大赞。

我也对沙面情有独钟，打从第一次到广州，就在这里徘徊，从此不断，入住白天鹅，除了因喜爱这里的早餐，还因为沙面的建筑和树木。

珠江畔上，有更多的巨树。以前到了晚上，用绿颜色的灯来照明，大陆各地皆如此做，弄得阴森恐怖，好在如今已改为黄颜色的灯。

这次看到沙面处处古建筑外墙装修，但看起来单薄平庸。我问惠姗："你有没有发现，搭得不比邵氏片厂的布景好？"

惠姗笑着点头。

（广州之旅·完）

菲律宾印象

第一次去菲律宾，在三十多年前，参加马尼拉举行的亚洲影展，详情已记载在《蔡澜续缘》中，题名为《巴布嗨》，是菲律宾语"哈啰"的意思。

过了二十年，又去一次，那是成龙客串了一部台湾片，我做陪同，什么事都不必做，白白玩了三天。

当然是先找吃的，记得有家出名的海鲜餐厅，好像是叫 Fish Fun。印象最佳的菲律宾食物为酸汤，一大堆鱼虾煮成，加了青柠和糖，甜甜酸酸，尚可口。另一名肴是鱼塞肉，用细功将整条鱼的骨头抽掉，填入猪肉碎，蒸后再煎，味道也不错。

猪肉是菲律宾人的至爱，到他们的菜市场一看，猪肉档特别多，记得挂着的猪脚，由小贩一刀下来，在皮肉上深深地切了一圈连一圈，但不断，像风琴一样拉得长长的。

到处都有炸猪肉、猪皮卖，那一大块的猪油渣，买后即撕来吃，虽然已过午，还是那么爽脆香甜，不像香港的烧肉皮，已软掉。

近日看安东尼·波登的饮食节目，去了菲律宾乡下，烤整只猪来吃，有点兴趣，想再去吃，但经过这次的惨剧，打消了念头。

市面上的交通工具，以吉普车改装的、布置得花花绿绿的"的士"最多，也有马车，车夫的长鞭柄尾有个镶银的头，摩擦在凹凸的铁皮上，发出咔嗒的声音，代替喇叭。

看了车上那些三条扭在一起的弯弯曲曲的雪茄，才知是怎么抽的，刚好吊在车头的绳子上，抽完可以挂住，当成空中烟灰盅。

别以为菲律宾一直是一个落后的国家，其实一切都是人为的。当年马格赛赛统治时期，它是亚洲经济强国，后来的马科斯开始贪污，才衰落。

史上几个总统，除了阿基诺夫人清廉，那个留着小胡子的男演员和上届又矮又丑的小女子，一看就知道是坏人；当今的三世，也显得无能。看来我这辈子，也不会再去了。

昌泰

好久没去泰国，很想吃那儿的小吃，散步到九龙城启德道上的"昌泰"去找。

"昌泰"为林氏一家开的泰国杂货店，后来也经营餐厅。我和他们家族的大哥林泳洋私交甚笃，知道他的个性一丝不苟，进的都是最高级的商品。

数年前林兄去世，如今的"金不换"餐厅由遗孤经营，依旧为全城最佳的餐厅。

"昌泰"则交给了大弟，他娶了一位泰国太太，非常贤淑，不但帮他把店打理好，还把一男一女的下一代扶养成人，闲时，也到店里帮手。

最喜欢吃的是一盒盒的冬荫贡腰果，把冬荫贡的原香料抽干，加上虾米，一起混在腰果之中，别有风味，买回来放进微波炉一转，热热地嚼着送酒，一流！

还怀念泰国街边的小吃干捞面，按照配方，自己怎么做也做得不像样，发现是面条不同。只有到"昌泰"去，买一包包由曼谷空运来的新鲜面条，才能做出正宗的干捞面。

除了现时的商品，这家人还进口多种蔬菜，像煮咖喱的小粒茄子、芋梗（泰国人称为白霞）、四角豆和实多豆，实多豆亦称臭豆，吃时香，消化后会放出臭屁，此豆最好是用虾酱来炒。

说到虾酱，一般膏状的都不够香。泰国也产虾酱，但店里卖的只是槟城的长方形虾酱墙，用蓝边黄纸包扎，福利公司制造，名为"巴拉煎"，英文 Belachan，与葡萄牙菜及澳门菜的酱料一脉相承。店主有自信，才卖最好的，不管是不是泰国出品。

另外炒通菜的话，有马来西亚出的"马来风光"参巴酱，炒时加上一两匙即成，不必麻烦去找"巴拉煎"了。

九龙城能成为泰国菜馆的集中地，是因为当年启德机场为最方便的运货点。而"昌泰"是第一家，如今周围干货店已开得成行成市，但说到货物最齐全、最新鲜，还是非光顾他家不可。

今天看娱乐版，标题写着：法惊悚大导癌病去世，原来是我敬佩的阿兰·科诺（Alain Corneau）。

科诺导过一系列的黑帮电影，但说什么也不"惊悚"。国内观众所熟知的，应为一九九一年被翻译为《日出时让悲伤终结》（Tous les matins du monde）一片，是部雅俗共赏的艺术作品。

先说片名，若直译，应该是《所有世界上的日出》，译短一点，可为《世上晨曦》。

而英文的 All the morning of the world，只是前半句，全义还有 leave without returning（逝去不返）。这句话，再缩短一点，就是 Each day dawn but once（每日黎明只一回）。

不知怎么变成了《日出时让悲伤终结》，太多累赘。

我一生看过不少外国古装电影，认为最好的只有两部，除了斯坦利·库布里克导演的《乱世儿女》（Barry Lyndon，1980）之外，就是这一部了。

两部戏的故事，都老得掉牙，粤语残片也不知拍了多少次类似的情节，描述出身平凡的男子，如何不择手段力争上游。

但是一经大师之手，显出来的功力完全不同，像《乱世儿女》片中男主角买的屋子，一间比一间富丽堂皇，是很高的层次。

《日出时让悲伤终结》片得到法国最高荣誉的西泽奖，又获奥斯卡最佳外语片奖，同时又得到大众好评。导演科诺拍拍胸口，说："好在没有沦落到另类电影'邪典电影'（Cult Movie）的地步。"

电影一开始，由一位老宫廷音乐大师杰拉尔·德帕迪约（Gerard Depardieu）讲述他年轻时的事迹。那个年轻人，由他的儿子吉约姆·德帕迪约（Guillaume Depardieu）扮演，角色挑选非常成功。这部戏，无论在灯光、摄影、布景、道具、服装和配乐上，都是完美的。喜欢动作片的观众看来未免有沉闷的地方，但艺术爱好者，是一次又一次，似乎永看不厌！

Viol

电影《日出时让悲伤终结》讲述了一个年轻人为学 Viol，拜师学艺所发生的故事。这种乐器比小提琴大，比大提琴小，一共有七条弦。

青年得知有位 Viol 大师，深居不出，特地跑到乡下去学艺。但大师一听到他以后是想当宫廷乐师，即刻不屑，赶他出门。

反而是大师的女儿爱上了青年，偷偷把琴艺传授给他，等到他学成时，大师女儿得了重病，青年没有留下照顾，上京去也。

青年实现了他的愿望，但之后，对此终生后悔，却已太迟。

阿兰·科诺之所以能导出这么细腻的戏，是跟他的音乐底子有关的。他在法国学电影剪接和编导后，就跑到美国拍爵士音乐纪录片，深深爱上了爵士乐，也是受了当年的法国片以爵士乐当背景的影响。

回法国后，他有幸当上巨匠科斯塔-加夫拉斯（Costa-Gavras）

的副导演，于一九七〇年拍了《忏悔》（*The Confession*）一片，才正式进入电影界的。

他的处女作叫《法国地下社会》（*France Inc.*），未获成功。当副导演时认识男主角伊夫·蒙丹，导演了枪战片《左轮三五七》（*Police Python 357*），才略有名气。

接着他又拍了两部戏，其中讲沙漠兵团的《沙岗堡》（*Fort Saganne*，1984），由杰拉尔·德帕迪约和凯瑟琳·德纳芙两大明星主演。

不过科诺还是对法国的"黑色电影"（Film Noir）类警匪片着迷，并一向崇拜大师让-皮埃尔·梅尔维尔（Jean-Pierre Melville），当他有机会重拍《第二口气》（*Le deuxieme souffle*）时，以为自己会胜过皮埃尔，哪知文艺片才是他的强项。

我因记得《日出时让悲伤终结》一片，才记得导演科诺，他享年六十七岁。

后记：若看了《日出时让悲伤终结》，对 Viol 这种乐器的演奏有兴趣，可找马林·马雷（Marin Marais）的作品，该片就是以这位作曲家一生为蓝本的。《日出时让悲伤终结》片的 DVD 正版不容易买到，若见了就应该即刻购入。

薄壳

每年到了夏天，是薄壳最肥美的时节。今天到"创发潮州菜馆"吃了，发一张照片上微博，众多反应杀到，说这是福建的海瓜子。

我认为这两个应该是不同种类。台湾人叫另一种小贝为海瓜子，宁波产沙筛贝，亦称之。

刚好"莆田福建菜"的老板方先生来港，我打电话询问，他说查清楚了再回复。他后来告诉我潮州人说的薄壳，是淡水的；福建人长在海边，所以叫海瓜子，与薄壳不同。

明明记得薄壳不是淡水的，虽然如今皆为养殖。记得小时听老人家说，薄壳生于海流极急之处，水流速度一慢了就长不出，所以很干净。

到底海瓜子是不是薄壳？想起张新民，他是潮州的饮食专家，著有《潮菜天下》一书，即刻查阅，得到了答案。

薄壳学名"寻氏短齿蛤",生于低潮线附近的泥沙海滩上,个体虽小,产量极大,为饶平重要的养殖业之一,那边有一望无际数百万亩的薄壳场。

早在清朝嘉庆年间已有文字记载,《澄海县志》写有:"薄壳,聚房生海泥中,百十相黏,形似凤眼,壳青色而薄,一名凤眼蚬,夏月出佳,至秋味渐瘠。邑亦有薄壳场,其业与蚶场类。"

一般人在市面上看到的薄壳,都是一串串的长在麻绳上的小贝,布满泥,以为是淡水养殖,依古籍,证实是海产。

而福建也有薄壳,新民兄说当地友人请他吃过,炒时加了糖和酒。潮州人和福建人移民到南洋的居多,思乡想吃此物,也从潮州请了专家去教大家养殖,所以我小时也吃过一些,如今星马应该绝种了,泰国还有人养。

我家吃法,是买了薄壳,妈妈会到杂货店去,要一些酸菜汁,店里的人从酸菜缸中淘出一包送之,又会买金不换(九层塔或罗勒),与大蒜泥及辣椒丝一块炒,才入味。要是用盐,来不及溶化,薄壳已熟打开,味道就差了。

这道菜最美味的是碗底剩下的汤汁,没有其他海产能比它更鲜甜的了。

麻叶

薄壳也许还有福建人爱吃，但绝没有达到潮州人对它的疯狂度。另一种美味是别处一定没有的佐粥小菜，叫麻叶。

如今，可以在九龙城一带的潮州杂货店看到，放在一个盘上，一大堆，绿绿黄黄，干干瘪瘪，外地人看到了不知道是什么。

老一辈的潮州人当宝，尤其是到了南洋，见着必买。旧时种黄麻拿来当绳索，种得满地皆是，随时随地抓了一把，泡制后便能当菜。

如何腌渍？先放进滚水中焯一焯，然后加盐，潮州人称之为"咸究"，即增加咸味、去水分、减体积等多种意思。

下南洋，赚到钱寄回乡，就养了一群无所事事的纨绔子弟，潮语叫"阿谢"。阿谢每天研究饮食，而他们认为"咸究"麻叶，最好别用盐，要以咸酸菜汁来泡。

咸酸菜的原料是大芥菜，腌制过程要经发酵，产生多种氨基酸和酒石酸，这种汁才会把麻叶的味道弄得美妙无比。

成品不放冰箱，也能保持鲜度，我们家的吃法是生爆香蒜茸，再下普宁豆酱，炒它一炒，即成。当然没有忘记放一点味精。

有此物，就能吃白粥三大碗，味道苦苦涩涩，但细嚼之下，产生一种独特的香味，此为吃上瘾的主要原因。

说到上瘾，也别以为这种麻叶，就是嬉皮士抽的大麻。大麻属于桑科，而潮州麻叶是椴树科的黄麻。

荨麻科的苎麻、亚麻科的亚麻、芭蕉科的蕉麻、龙舌兰科的剑麻和大戟科的蓖麻，其种子和嫩叶大多含有麻醉性。

当然，上述植物的种子炒熟了就没事，药材店卖的"火麻仁"就是这种东西。叶子晒干燃烧吸取，则有如《本草纲目》所说："多服令人见鬼狂走。"

潮州人的麻叶，怎么吃也不会"令人见鬼狂走"，请放心。但如果介绍给不认识此物的人吃，我总说是大麻叶，大家好奇，就觉得更加美味了。

光州之旅

　　韩国菜不好吃，除了烧烤，还有什么？这是听到的正常反应。

　　韩国人，会吃吗？这是国内一些网友的置疑。

　　真是井底之蛙，又像一只大夏虫！

　　对此反应，我最为反感。因为，我吃过的韩国菜，千变万化，和众人的印象不同。这回到了光州，更证明了我的观点。

　　如果你跟法国人说，我去巴黎吃法国菜，他们会做不屑状，是吗？你告诉他们，我去了普罗旺斯，他们会点头赞许。当你说到佩里格尔（Périgord）去吃，法国人就会肃然起敬。

　　同样的，向韩国人说首尔，再来说釜山，也没觉如何，一旦提到去光州吃，他们都会竖起大拇指。

　　光州在首尔的西南部，距首尔三百二十公里，距釜山二百八十公里。

说起光州，有点像日本的新潟和山形，从前是交通极不便的地区，自从金大中修建直通的公路后，如今从首尔乘车去，也只要四小时左右。

路经全州，是韩国拌饭发源地，再去一个叫灵光的海岸，为佛教最早传来的地方，就可抵达光州了。

这回是被当地观光局邀请，和《旅游》杂志的模特儿、记者及摄影师前往，乘的是半夜十二点半起飞的韩国夜航机，到首尔再转内陆机前往。

三个都是女娃娃。摄影师之前就认得，从前跟过我到东莞吃荔枝，其他二位初次见面，在机场寒暄一阵。

一般我不碰飞机上提供的食品，但韩国的杂菜拌饭一定要吃，和全州的不同，饭中的肉碎是熟的，大量蔬菜则是一样。

先来个头盘，饭就上了，一碗蔬菜清汤，另外奉上一包上等麻油和一条牙膏形的辣椒酱。飞机上食欲总是不佳，但有此二物拌饭，又香又刺激，胃口大开。吃完睡一觉，抵达首尔已经太阳初升。

（光州之旅·一）

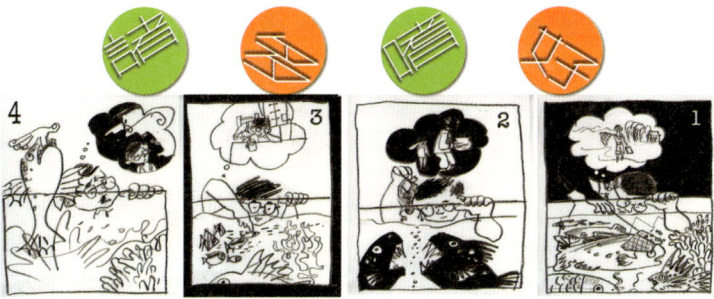

抄經的喜悅

A 货

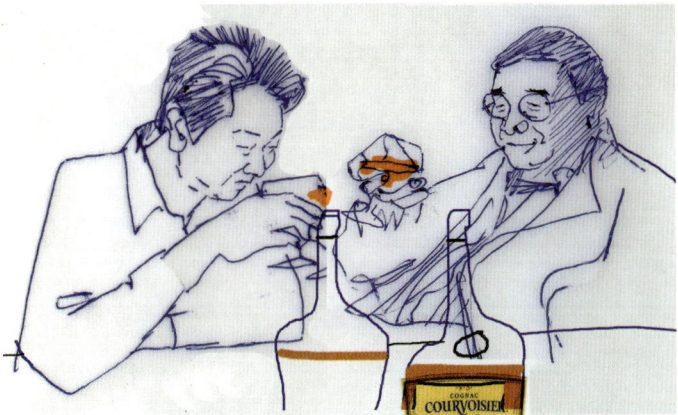

灵光

　　我的韩国好友阿里巴巴和他的助手在银川与我们会合，乘车到金浦，然后乘搭一个小时的飞机到光州。

　　阿里巴巴一直叫我为师父，是被我对韩国饮食的熟稔而折服。我虽没正式收过他做徒弟，但是他对我的忠心和热诚，使我也默认了。他为人极风趣，口若悬河，他一在，就热闹了起来。

　　光州旅游局的安主任和中国部主管郑敬花小姐来迎，后者在北京和青岛念过书，一口"京片子"，人也长得高大端庄。

　　一行人马不停蹄，在当地最好的酒店放下行李后，即刻赶到一个叫灵光的地方。

　　前往灵光的这条公路上，数十里，每隔十几英尺就有一棵紫薇树，并排列着，远望像一条火龙。紫薇花开百日，可长至十几尺高，远看似一团团的紫云，近观为一颗圆形的花蕾发出六朵小花，极奇特。韩国人肯花这么多钱美化一条路，实在不容易，如果各位有机会来此一游，是值得留意的。

我看到一块巨石，刻着"百济佛教最初渡来地"几个巨大的汉字。

韩国朝代分高句丽、百济和新罗。佛教传来时是公元三百八十四年，寺庙叫"法祭浦"，来自"阿无浦"，是阿弥陀佛的意思。

圣地极为庄严，占地甚广，有一座雕着四个佛像的大型地标，巨木参天，树身藏有高科技喇叭，不停地以宁静的语调朗诵经文。

我到小卖店去，想找韩国和尚袋，但没有卖的。阿里巴巴买到一把小木匙，付了钱。他说我们是第一个客人，总要买点东西。这个优良传统中国人也有，所以颇为赞赏。

除了佛教，还有基督教人殉教地。此地天主、基督教皆盛，是个集各派宗教为一地之所，地名称为灵光，感觉的确有灵气。

但我们此行的主要目的是为了寻找黄鱼。野生黄鱼在江南一带已被人吃得快要绝种，韩国还有。灵光附近的港口叫高敞，就是一个将所有黄鱼收集，然后运往全国的海鲜市场。

（光州之旅·二）

屈非

"黄鱼，韩语怎么说?"当我看到那一大排一大排的黄鱼档时问。

阿里巴巴回答："Gulbee。"

"汉字呢?"

"屈非。"

我明白了，那是晒干的黄鱼。韩国人送礼物，最好的是牛肉，而比牛肉更高档次的，就是黄鱼干了。四十多年前，我第一次去汉城（现名"首尔"），就看到有人在卖黄鱼干。一个老头，身上缠着上百条的黄鱼干，一边走路一边叫卖，你若要了他就从身上拔下一尾，是一个活动的小贩摊子。

我们吃黄鱼，当然吃新鲜的，韩国人不同，他们认为黄鱼干才美味，用炭一烤，撕下肉，送酒最为高级，只在伎生宴中出现。

名叫"屈非",是因为只有黄鱼,晒干了也不会卷曲起来,韩语和日语一样,把那个否定词放在后面,像什么 Nai 或 Arimasen,就是什么非,什么非了。而"非"字,照声音读起来,应该是 Fei,但韩语中,F 字发不出音来,只会读成 B 音,就变成了 Gulbee。

"可以拿到新鲜的吗?"阿里巴巴代我问当地鱼贩,他们又点头又摇头,表示如今愈来愈少,很难买得到,但是出高价,还是有的。

终于购入了数尾,跑到当地最好餐厅"一番地"去,叫他们做。这一餐可丰盛,单是小菜就三四十种,主菜黄鱼上桌,先是煎的,已经用盐腌制过,但不失鲜味,再来就是烤黄鱼干,我觉得肉太硬,又一味死咸,还是留给韩国人去享受吧。黄鱼汤却相当美味,用他们的面酱来煮豆腐。

另一种鱼是腌制的魔鬼鱼,韩国人把鱼放入炭灰中,让鱼发酵,产生一种强烈的尿臭味,不是人人受得了的,但是用五花腩猪肉、老泡菜,三样夹在一起吃,又是另一番滋味,这是修回来的味觉,英文叫 Aquired Taste。吃黄鱼干,也是吧,有福气才行。

(光州之旅·三)

　　我们已经饱得不能再饱，但为了考察光州美食，非得再来数餐不可。

　　先到一个小乡村去，吃过了靠海的黄鱼，这回要试近江的鳗鱼了。

　　怎么个吃法，桌子上有个烤炉，老板娘拿来两大尾鳗鱼，一边烤一条。左边的是原味，右边的看起来有点像日本人的蒲烧，但是涂着韩国特有的面酱和辣椒酱，两尾鱼都事先蒸过，已半熟。

　　等待中，给我们上永远吃不尽的小碟，别以为都是泡菜，也有精致的酱螃蟹，将螃蟹用辣椒酱和酱油两种不同酱料生腌，鲜甜得不得了。

　　鳗鱼可以吃了，先夹一片原味的，蘸点上好的麻油和海盐，肉很厚，弹性十足，脂肪多，即感又肥又香，细嚼之下十分香甜。

辣椒酱腌过的那条，肉较软，但鳗鱼味没有被酱料盖过，非常精彩，很久没有试过野生鳗鱼的那种味道了。

"哪里抓来的？"问老板。

他往前面一指："河里很多。"

"没有人去偷吗？"同行的摄影师忍不住地问。

"我们活在乡下的，这个怪主意，没人想过。"老板笑了。

吃海吃川，下来要吃山了。另一间卖的是竹筒饭，把糙米、红枣和栗子塞入大竹筒中，烤出来，即刻闻到竹味和米味。

另有竹筒酒，装于大竹子的两节之中，不知如何把酒填进去，窍门在于标贴字后面钻了一个洞。

单吃竹筒饭很寡，来了一碟烤牛排骨，和吃过的形状不同。

"这叫什么名菜？"我问。

"孝心肋骨呀！"老板娘说。

原来是把大肋骨旁边的牛肉用利刀割开，令肉柔软，老人家不必用力咬也吃得下去。孝道，一向是韩国传统的美德。

（光州之旅·四）

光州定食

所谓的韩定食，就是他们的大餐了。全套有数不清的配菜，再加上主菜数道，又有汤又有饭，客人无须叫自己喜欢的，餐厅给什么吃什么，但一定有几种合你的胃口，永远不会说吃不饱。若在首尔吃，老饕们看了会说："等你吃到光州定食吧，那才叫作韩定食。"

既来之，晚上非好好享受一下不可。车子经过一村庄，走进一个小花园，有家小屋，老板娘一副慈祥的面孔笑嘻嘻相迎。

等上菜间隙，先在庭院中一游，有数不清的酱缸并列，去拿泡菜经过的小径都用石磨铺着。

如今已少有人用了，收集从前的石磨，把上面那块拆下来铺路，左一块右一块，不但美观优雅，磨上的凹痕，更能防止老人家跌倒。

花园中种满果树：柿子、枇杷、无花果，还有各种蔬菜草药，都能摘下新鲜上桌，计有紫苏叶、当归叶、芝麻叶等。南瓜叶则要烫熟后才能吃的。

配菜有几道很特别，用高丽菜包着白菜泡渍的，韩语叫 Boksam-Kimchi。还有把牛肉剁碎，渗入蟹膏，再酿进蟹壳中浸酱油，别处一定吃不到。

主菜上桌，有松茸、牛肉饼和黄鱼三样，烤魔鬼鱼。发菜丝般的海藻和生蚝煮的汤，但不及那道最普通的面酱汤好喝。那个面酱汤一试就知道了豆酱有多香，而且一点也不咸，一般食客都懂得分别，老饕更能欣赏。

另一道烤鲜鱿，一见不觉如何，这种菜日本餐也常出现，整尾烤了切成一圈圈上桌。但是这里吃到的，我原以为是塞了糯米，吃了才知道原来全身是鱿鱼膏，不是这个季节吃不到。韩国菜没有什么甜品，要浓味的话，有锅烧南瓜，用蜜糖煮出；吃淡的，有肉桂和酒酿的红枣冰茶。

好一顿光州定食，试过永远不会忘记，谁说韩国菜不好吃又吃不饱？

(光州之旅·五)

菜
市
场

翌日，一早去逛光州的菜市场。

地方干干净净，分几条街，两边摆满不同的食材。第一入目的又是"屈非"（黄鱼），卖的价钱比渔港贵一点。其他有数不清的种类，发现有带鱼、石斑、池鱼等等。原来仓鱼也是韩国人爱吃的，蛏子和蛳蚶也肥大。

八爪鱼也多，活的死的，堆成一大堆。鮟鱇鱼也有人卖，剖开肚子，露出大片的肝，和日本相同，是他们最喜爱的部分，做出一种叫 Ago-chim 的又甜又辣的菜来。

石炭腌魔鬼鱼不是人人受得了，光州渍的气味没那么浓。韩国魔鬼鱼快被吃得绝种，卖得很贵，一尾大的一千到数千港币。一般人只有买外来货，看到冰得一大块一百公斤的，一只叠一只，可以辨别方块中魔鬼鱼的脸，是从智利进口的。

蔬菜类中，有很多梗，如芋梗、莲梗、番薯梗等，外皮都被细心撕掉，剩下心，用来白灼或清炒，海草、海带、海藻类也多。

如今红枣和栗子产量大，韩国产的和山东的一样，个头很大。淮山、山芋，还有像人参似的大条根状植物。

这些东西都用来做泡菜，摊子中五颜六色，有什么食材就腌制什么，到了冬天，只有吃这些。用来炒蛋、煮汤、炒菜或就那么吃，不可一日无此君。

鸡摊子上的鸡，将鸡颈打了一个花结。我也是第一次看到乌鸡，活的，全身黑漆，连喙也黑，像大型的乌鸦，当地人说最补身。

草药已不像中国药店分成一格格，而是摆在地上。韩国人迷信草药，请店里代煲，有一排数十个的大型气压机，这种机器还卖到中国去。

观光局的郑小姐说，从前这里更大，如今大家都到超市去买，规模缩小了许多。阿里巴巴也抱怨，说超市的东西，永远比不上传统的菜市场。

（光州之旅·六）

会动的山水

　　进入光州市中心，分新区和旧区，后者发生过一场大屠杀，当年人民反对腐败的政府，游行演变成血洗，死伤无数，成为"光州事件"，至今每年追悼，关于它的电影也拍过不少。韩国人个性开朗，做错了事道歉算了，不必背历史的包袱。

　　在一个幽静的角落，找到一家叫"茶啖"的茶馆，装修清雅，喝的是红枣茶、五味子茶和人参茶，送的甜品做成樱花形、心形，精致得不得了，味道亦佳。

　　夹糕点用的是一双用木头削出来的筷子和筷子架，保持树枝的原貌。另有一个小木钩，怎么也看不出作为何用，原来钩子另一头有个小筛子，是隔茶的，而钩子可以靠在茶杯边缘。

　　韩国糕点，种类千变万化，样子有些像上海人或潮州人做的，但形状颜色不同，萨琪玛式的也多，都是不黏牙，不太硬，适合老人吃的。韩国人一向有敬老的美德，父母到了五十、六

十、七十大寿时，送的糕点篮愈来愈大。

我们认为问人家年龄不是太有礼貌，但韩国人并不介意，原因是如果你比他们大，就算长一岁，就是阿哥阿姐了。

自然，一群人之中，最受尊敬的是我。

下午，到市政厅，他们要颁一个什么奖给我，却之不恭，硬着头皮去领，顺便看厅中的展览。

光州既为一个光字，当然要往这方面发展，是全国 LED（发光单向电阻）产品最先进、最发达的地区，所制电视屏幕，要多薄有多薄。

其中印象最深的，是位大学教授发明的八张画屏风，一看以为是普通山水，但水面忽然鱼游了起来，鸟儿、蝴蝶飞舞，猫儿扑之。最飘逸的是落款，每一个字飞起，分开了又集合，是首会动的诗。

有人说世博会上的《清明上河图》也会动，但到底意境不同，层次各异。

（光州之旅·七）

全
州
拌
饭

是时候离开光州了，到要开一个多小时车程的全州，再前往
首尔，乘机返港。全州有什么？当然是全韩国最好吃的拌饭了。
还有，当地有一个非看不可的民俗村。

我一听到"民俗村"这三个字，脑中即刻浮现一幕幕的电
影、电视剧，想把历史重现，搭起了民俗村来，像是一个片场中
的大布景，俗不可耐。

到了才知道，这个村是住人的。街道和房屋充满生活气息，
不同的是不见现代化的建筑，像走入时间隧道。

古时候的官邸和大户人家，如今改为文物博物馆和文化教
室，有个韩纸的展览，摆着各种制纸的器具，墙上一张联合国总
理事的办公室照片，一切都由韩纸制造。

另有一间摆设着韩国米酒 Makkori 的酿制器具和过程。旁边
设教室，由专家们讲解。其他区室，变为民宿，客人可以在历史

当中下榻，真想有空时，到那里去住几天。

下午到市内最著名的一家餐厅，吃全州的拌饭。与其他餐厅的拌饭相比，有什么不同呢？同是一锅饭，一大堆蔬菜。先是材料，下了生牛肉，上面一颗蛋，热饭一拌，全熟，麻油和辣椒酱也是他处找不到的，调和得天衣无缝，其他什么佐酱都不必加，不管你是喜欢口味浓的或淡的，总之吃进口就觉得味道刚好，真是神奇。

不吃拌饭的人可来一大碗鲍鱼粥，用生鲍片灼，再把鲍中的肠汁混入热粥中，颜色变得碧绿，极为鲜美。

再来一客人参鸡。人参鸡到处都有，在釜山吃到的还塞了两只鲍鱼呢。这里用的是大量的生蚝，也是填进鸡肚子中的，再次证明肉类和海鲜的结合是完美的。

试过了全州和光州的美食，若再说韩国除了烧烤就没东西吃的话，就对不起韩国人了。

（光州之旅·完）

不可后悔

娱乐版总喜欢胡搞，把男女演员的旧照片和新拍的做一比较，暗示已整过容。其实，有很多例子是看惯了，人就顺眼。加上生活的磨炼，衣着的品位，化妆的技巧成熟，不必动手术，也漂亮了起来，何必大惊小怪？

早年在日本工作，公司命令，得常带女明星去整容，和医生混熟了，也学到不少这方面的知识。虽说医学一再进步，但基本原理是一样的，再加上我的好友吴医生是新加坡美容老祖，所以有谁开过刀，我几乎能一眼看穿。

这位吴医生最厉害的是为女士们削平国字脸的下巴，其过程十分复杂，将双颊下面开刀掀起，又用电锯磨去角骨，是个大手术，而且也不一定成功。说人家修葺腮骨，我看多数不是事实。

那为什么拍起照来就变成鹅蛋脸？那和角度有关，友人举起相机，喜欢从下拍上，我指出，不如爬上梯子，从上拍下吧，这一来，下巴会变得尖长。

是否整过，最容易看出的是鼻梁，找个平庸医生，弄出来都是L形的货色，又非希腊神像。东方人的鼻子，哪来的又尖又直？

要隆鼻，也得找个高手，先研究如何是自然的，再下重本去修。便宜没好货，这句话用在整容上也合适。

下巴打针隆起，也不易成功，最初还过得去，慢慢给地心吸力拉下，时而显出针孔位置，很假。失败的例子也常见，有一次一个女演员某个部位打歪了，要我替她按摩扶正。好在不是胸部。

至于割双眼皮，我倒认为和画眼线、装假睫毛是一个道理，不必指责。说到做假令人反胃，但很多人都有假牙，那是生活上的需要，而当演员整容，也是生活上的需要。

"你说我整一下好不好？"常有女的问我。

我的答案总是："能增加你的信心的话，尽管去做，但是，记住一点，做了就当成真的，不可后悔。"

下一代

电影圈中，我最尊敬的长辈是朱旭华先生，曾经在上海监制过多部片子。有幸和老人家在邵氏年代共事。当年他编的《香港影画》为最有分量的刊物，连西西和亦舒都来撰稿。

朱先生有子女多位，我较熟悉的是朱家鼎和朱家欣。哥哥朱家欣到意大利学摄影，返港拍了几部电影，转入动画，最后成为香港最大的计算机动画公司的老板。弟弟朱家鼎到美国学美术，返港成立广告公司，并与钟楚红结婚，作品商业之中兼艺术性，至今尚被广告界视为经典。

朱家欣娶了邵氏影星陈依龄，为陈家姐妹的大姐，生一子，名松青。

从小看松青长大，只用英文名字 Jeremy 叫他。松青由母亲陪伴，到加拿大去念书，不知不觉，Jeremy 已经二十七岁了。

我难得有空，偶尔到朱家打台湾麻将，遇到 Jeremy，也没大没小，和他闲聊勾女仔之道，差点给他父母骂走。

有空时，他会做些怪兽造型，不比专业人士差，也开过展览会。一向以为他会和祖父及父母一样，走向电影之路。近来得知他要做的第一份工作，竟然是补习老师。

补习些什么？得到的答案更令我惊奇：是数学。

这一说，依稀记得他手不离卷，但只看有关数学的书。原来在大学期间，遇到了一位数学奇才，是罗马尼亚人，而罗马尼亚以数学之精见称，这位老师不苟言笑，生活在数学之中，全家人如此，一吃过饭，最佳娱乐就是玩数字游戏。

得到老师的启蒙，Jeremy 的数学书愈看愈深，老师也见孺子可教，私下特别为他授课。

学以致用，他希望灌输学生另类的数学概念和图解，我听过他一次理论，也似懂得一二。

学无止境，他开课，我第一个报名。

吃茶去

　　程氏夫妇，认识多年，他们曾在新加坡住过一个时期，返港后我们经常聚会。夫妇育有二子，除让他们正常上学外，一有假期就带他们到世界各个都市的博物馆去，并享受名厨美食。

　　大家已许久没有联络。一日，接程夫人电话，见面时，母样子依旧，小儿子已经长大成人，彬彬有礼，是位好青年。

　　问近况："对什么最有兴趣？"

　　"饮食。"儿子程韶伦回答。

　　真奇怪，友人子女，都想向这方面发展，大概与从小吃得好有关系。

　　"干餐厅，很黐身。"我说。

　　"不是。"他妈妈说，"你先听听他的。"

　　"你知道的，我们家族和云南的关系很好。"程韶伦说，"我一向爱喝普洱茶，便顺理成章地想做普洱茶生意了。"

"那更糟糕，要辨别普洱茶的真假和好坏，最少也得再花几十年工夫。"

"不是卖茶饼，而是现喝的。"他说。

原来，程韶伦大展拳脚，购入最新机器，在最卫生干净的环境下，采集天然森林生长的大叶种乔木茶，其中有树龄三百年以上的野放古茶树，和五十年以上的有机茶树，不需要施用化肥和农药，以高科技提炼出普洱精华来。他取出样品给我看，是牙签纸筒般大的包装，一撕开，浸入滚水或冷水中，即刻溶化。

对味道还是表示怀疑，我喝了一口，不错不错，刚好要出门旅行，喝他的普洱精华，早中晚餐都来一杯，方便到极点。程韶伦也做过 SGS 检验报告，证实此精华的儿茶素、茶多酚含量高达百分之六十二，这些活性成分有强烈的抗氧化、抗病毒和防癌防老的作用，一杯相等于六杯传统茶。

此茶名为"吃茶去"，汉狮集团出品。如今已在市面上，可在置地和圆方的" Three Sixty 超市"、九龙城"永富"以及小店"一乐也"买得到。

厨师

廖氏夫妇参加我的旅行团，一直带着他的小儿子。在他十岁时，我认识了他，之后每次见到他都捧着一本书，爱书爱得要命。

不知不觉之中，在二〇一〇年廖启承已经二十三岁了。

之前他去了英国布莱德菲尔德学院（Bradfield College）念中学，后在埃克塞特大学（University of Exeter）商科毕业。

由于父母带他到各地去吃，使他对厨艺产生极深的兴趣，不过家长说："什么都好，念完大学再说。"

轮到可以说的时候，还是那句老话："想开餐厅。"

直接从大学跑到伦敦的法国蓝带学院去念了一年所谓的Intensive Course（深入课程）。那课要求严格，每天上课十几小时，只要一次迟到，就被踢出学校。

毕业证书上写着："最高分数的优越生"。

回来后，在澳门的米其林三星餐厅 Robuchon 正式就业，连假也没得放。每年新年或圣诞，廖氏一家都和我一起过，今年则没有他的份了。

"从什么时候对饮食这么有热诚呢?"我问。

"我妈妈给我喝了第一口的香槟，那是一九九六年的唐佩里侬（Dom Perignon）干型香槟王。记得我只有八九岁吧，那时我感到口中有一股错综复杂的滋味在爆炸。我以为所谓的香槟都是同一个味道，后来才知道并不是那样的。"启承回忆。

"喝酒和做菜不同的呀。"我说。

"和乔（Robuchon）以及 Guy Savoy 一接触，我马上了解烹调是一种艺术，一种活生生、可以即刻享受的艺术，和爸妈带我到博物馆去看的名画是一样的等级，不同的只是放在碗碟上罢了。"

"当艺术家，容易吗?"我问。

"我现在厨房工作，可以真真实实地回答您这个问题，一点也不容易。"廖启承笑着，"但也非做不可呀。"

第一次去"金宝"泰国餐厅，吴少鸾才十二三岁，眼睛大大的，好可爱的一个女孩子。

"长大了想做什么？"我摸着她的头问。

"学爸爸妈妈，开餐厅。"她回答得很快。

还是那个劝告：长大了再说，书读完再说。

她到大学去，念的是中医，我也感到惊奇。她是高才生，还被学校派到外国考察，毕业后，即刻和青梅竹马的男孩子结了婚。

刚好双亲在九龙城打鼓岭道买了两个铺位，拗不过她的要求，让她开馆子。但是有个条件，就是不准做正规的菜馆，顺着她的兴趣，经营甜品店。

"另一家相连的铺面，做什么？"我问，"不如打通。"

"地方一大，更辛苦。"父母不许，"就让她开杂货店吧。"

甜品铺 Notre Cambo 就那么开业了。问她："Notre 是什么意思?"

"我们的。"少鸾回答,"杂货店叫金宝泰越厨房。"

"为什么不是什么记什么记,而是厨房呢?"

"里面卖的,都是做泰国菜越南菜的食材,喜欢吃这些,又想亲自下厨的人,都可以随时来买,叫厨房比较贴切。"

今天又去一看,愈做愈有规模,各种异色情调的蔬菜齐全,要炒泰国炒粉 Pad Thai 的话,有干贵刁卖,泡了水就可以炒,另有调味料出售。要包越南春卷吗?米纸皮一包包,大的小的,任君选择。

真是天下父母心,母亲怕商品不够多,还亲自下厨,炮制了很多现蘸现吃的酱料。

再到隔壁甜品店,如今已购入雪糕机,客人要吃什么口味的,都可代制。

我看了说:"得到外国学习。"

"开了餐厅,还能出去吗?"少鸾的眼睛又瞪得大大的。

还是妈妈爱女儿,吴太说:"谁说不可以?挂一块牌子,说店主出国取经,不就得了?"

王杰

　　娱乐版上，又看到王杰的新闻，说他三年后退出，剃个大光头去欧洲骑电单车流浪，亦说到有人想阻止他复出。

　　不知是什么道理，每回看王杰的消息，他总是一肚子的怨气。近来看他的访问，也大诉母亲嗜酒好赌，前妻又骗光他的财产，对父亲的评价亦不是很高。

　　想起王杰八九岁时，常来我家玩和吃东西，很少看到他的笑容，非常有个性，样子可爱到极点，我非常喜欢这个小朋友的。

　　多年不见，乐坛上出现了一颗新星，以反叛和忧郁扮相见称，唱歌时声音像撕出心肺，吸引了不少歌迷，后来才知道是王杰。

　　和王杰的父母交往较深，当年在邵氏宿舍里一块吃饭聊天，偶尔也和王太太打打台湾麻将，赌注不大。

　　父亲王侠是我交情最深的演员之一，本名王振钊，西安人，随父到台湾，空军官校肄业，早年演话剧，后来报考丁伯骉的亚洲公司，开始拍台湾闽南语片。好在当年是有配音的，那么多年来，王侠的闽南语还是不灵光。

台湾电影进入了国语片年代，导演潘垒提拔王侠在《金色年代》担任要角。潘垒到了香港，也把他一起带来，签约邵氏当基本演员。那段时期流行拍"〇〇七"式的电影，王侠被女主角引诱上床时，导演要学足西片，叫他在胸上粘上假毛。当年化妆术不佳，像两团胸罩，想起此事，王侠也笑了起来。

回台湾后，王太太在乡下的娘家留下的地皮值钱，生活过得富裕，听了也安心。

但在香港又与王侠重逢时，发现他的经济情况并不如传闻中那么好。刚巧在监制一部叫《不夜天》的戏，我请他饰演了一角，片酬并不是很多，王侠说够了，儿子爱音乐，有钱替他买一个电吉他就行。

不知王杰记不记得此事？记住他人的好事，忘记他们的缺点，也许怨言就没那么多了。

托尼

　　二十世纪五十年代，男人的头发流行梳成一团，挂在前额上，像一个没有馅的热狗，而代表这个发式的，就是在二○一○年去世的托尼·寇蒂斯了。

　　有次他来香港，我和他一起吃饭。当年他已经六十多了，身材还保持得极好，穿件像西班牙斗牛士的短西装，拉拉袖子，周围望望，看有没有人认出他是一位大明星。

　　"叫我托尼好了，"他坐下来后就说，"寇蒂斯先生太过见外，我们有缘，你要问什么尽管问，我当你是朋友。"

　　"那个年代，虽不公开，但多数的小白脸，都是兔子？"我不客气地开门见山就说。

　　托尼也不正式回答："我和劳伦斯·奥利弗在《风云群英会》拍过一场对手戏，他演罗马大将军，我是一个英俊的小奴隶。看着我，他说，'我喜欢牛扒，但偶尔也吃吃生蚝'。"

托尼说时，做了一个啜着生蚝极妩媚的表情，笑得我差点从椅子上跌下来。

"有没有后悔过靠这张脸吃饭？"我又问。

"演胡里尼时学会魔术，当马戏班飞人时知道那群人的辛苦，扮女人时懂得什么叫幽默，我没后悔过。后来，我也当过几部所谓严肃电影的男主角，但从来不觉得有做靓仔小生那么过瘾。"

托尼给我一个开朗、豁达的印象。到匈牙利时，又看过他捐钱维修的那座犹太人教堂。他晚年学画，作风仿模马蒂斯，也头头是道。说到双性恋，如果他是，也重在异性方面。从他的自传中得知，当年他让玛丽莲·梦露怀了一个孩子，后来流产，不知是真是假，只有他知道了。

二〇〇三年他在一次活动中出现，头发虽已全白，但不难看，反而是近来他开画展时的照片，脸已浮肿，是生病的关系吧。

出名，最好是老了才出，人家看惯你老后的样子，就不觉丑了。太早出道，年轻英俊的样子给人印象太深，前后一对比，看了令人叹息。

《剑雨》

在微博上，很多网友传来反应，都说《狄仁杰》不好看，《剑雨》好看。

前者尚未欣赏，不能置评。后者看过，的确是自从《卧虎藏龙》以来，拍得最出色的一部武侠片。

角色的塑造和武打的安排，皆有纹有路，尤其是后者，一招一式交代得清清楚楚，连由墙上跃下的轻功着地，也看不到吊威亚的痕迹，比《卧虎藏龙》更胜出一筹。

编导执着地解释"江湖"二字，为什么人物皆都浪迹，靠何为生？片中杨紫琼做刺绣，余文乐卖面，王学圻的正职是太监，而徐熙媛当妓女，皆一一描述。

跑信差的郑雨盛最不能说服观众，起用这位鼎鼎大名的韩国小生，大家都知道他将会是身怀绝技的侠士，可他的外形削弱了戏剧性。如果对前身有清楚的介绍，那么易容才有效果。试想，如果能像《天下无贼》一样，叫一个傻乎乎的王宝强来演，那才是为电影而电影。

为了保证韩国那庞大的市场，无可厚非，残酷的事实，令工作者不能坚持。但至少，郑雨盛在变脸之前，被打个半死，救活后的武功何来，也应解释吧？这是一两个回述镜头就可以轻易做到的事。

还有那位佛教人士，为何要教林熙蕾那四招？而那四招并没有在最后的决斗中发挥出效应，只有导演知道来龙去脉。

用杨紫琼当女主角，名气是够大的，如果说是因为她会打，这可不成理由。当今香港的武术指导已登峰造极，替身一点也看不出来。要说只用武打演员，那么其他那些角色呢？没有一个有武术底子。

这都是小疵，最大的毛病，出在不懂女人心理。林熙蕾改换面孔，虽为掩人耳目，但说什么，也不会换一张比自己更老的。

说笑而已。我们这些所谓的影评人，都是马后炮大王，不知制作者的辛酸，乱讲一通，请见谅。

合肥

祁文贾生日，宴会于"富临"，请了他的友人赵先生和侄儿、谢伟业医生、倪匡兄和我陪客。

虽说阿一鲍鱼著名，我们的菜，第一碟倒是煎马友咸鱼，味道的确比干鲍胜出一筹。赵先生说："咸鱼一定要配烈酒。"

可惜如今已经没有人喝白兰地了，从前他请吃饭，一桌十人，中间先摆数瓶七百五十毫升的，叫一号。再给每一位客人各一瓶二号半瓶装自饮，也喝个精光。

内地不流行喝浓度高的洋酒吗？也不是，如今在夜总会开的都是威士忌，不管是真是假。我也陪友人去过内地和台湾的夜店，喝了一口即刻放下，味道古怪到极点，绝对是赝品。说到假货，大家感叹："连鸡蛋也造假！"

"你们有没有见过？"我问座上的每一个人，都摇头。

我说："骗的不是鸡蛋，而是那本卖给你如何做假鸡蛋的书。"

"原来是骗想骗人的人，真过瘾。"众人又笑了。

身材饱满的杨老板来了，问我们要吃些什么？

"来了阿一鲍鱼，当然得吃炒面！"我宣布。

这炒面用鲍鱼汁来炒，是杨老板的拿手好戏。他点头，说要亲自下厨，又说："还有一道新菜，用日本素面来炒。"

大家听了，说："两碟都要！"

虾子柚皮上桌，切得又厚又肥，我拍了一张照，放在新浪的微博上。网友看了都说："这鲍鱼真大。"

苦瓜焖排骨是倪匡兄点的。他向侍者说："排骨要选肥的。"

杨老板又来，我请他和倪匡兄合影，又放上网，让大家猜谜，谜面是打中国地方名一个。

结果很多人猜中，谜底为"合肥"。

没 有 闷 场

　　看到桌上那碟煎咸鱼，倪匡兄说："朋友送了一条很大的马友，我拿了两个玻璃罐，填满油，一头一尾，浸了两罐。"

　　咸，广东话有好色的意思，叫"咸湿"。

　　倪匡兄又说："我再把一套线装版的《金瓶梅》放在两罐咸鱼中间，叫'双咸图'。哈哈哈哈！"

　　"那么你去站在旁边，拍一张照片，就可以成为'三咸图'了。"倪太的冷笑话，很冷，没有表情，经常时不时来一句讽刺自己的丈夫。大家听了都笑得从椅子上掉地。

　　话题转到选美，说整容的，算不算？从前选什么什么小姐，都不准佳丽们动过手术吧？想不到坐在一旁的谢医生的笑话也冷："那叫不叫有机？"

　　大家七嘴八舌："如今的，有哪一个没整过容呢？"

　　"内地还有一个人造美人竞选，小姐们有的说开过二十几次刀，有的说三十几次。"倪匡兄常在网上看小道新闻，知道最多。

大家都说："上台领奖时，整容医生也应该上台，到底是他的杰作。"

倪太胃口很好，倪匡兄反而没吃多少东西，他说："每一天才吃一碗饭，也这么肥，真冤枉。人一肥，百病丛生，最近我走路，愈走愈快。"

"那不是健康的象征嘛。"大家安慰。

倪匡兄说："不是我要走那么快，是我停不下来，过马路时最糟糕，最后只有靠手杖刹车了。"

今晚他的心情特别愉快，因为智慧齿不必拔，那是他向牙医求的情，他说罪人也有缓刑呀，医生拗不过他，就放他一马。

"回到香港真好，话讲得通。"倪匡兄说，"住旧金山时看医生，我要求看中国医生。去了一看，原来是从台山来的，说了一口台山话，我向他说，你讲英文吧，我至少还可以听得懂一两句。"

真是个活宝，吃饭时有他在，从没闷场。

金渍

很多读者以为我最喜欢日本，其实我对韩国，更是情有独钟。当然，也爱上了他们的国食泡菜 Kimchi 了。

一直把 Kimchi 写为"金渍"。最近在一篇报道中看到，"金"字，在韩语中念成了 Geum，才知道是错误。原来，它是没有汉字的。

近来韩国泡菜的价格大幅高涨，主要是因原料失收，白菜由一棵二点五美金涨到十四块美金，合港币一百多，其他如萝卜、辣椒和大蒜也是几倍地上涨。所以，韩国人叫它成"金"了，发音从 Kimchi 变成 Geum-chi。

本来，这是家家户户、一代传一代在家中做的菜。如今大家买不起，都纷纷到超市去抢购大公司机器生产的，当然都说味道差了许多。

报纸上的社评把这个现象说成"国家悲剧"，而《东正日报》

的头条是:《世纪大灾难》。皆因韩国人不可一日无此君，就算是光顾中华料理或者西餐厅，也得奉上一碟泡菜。

政府没有对策吗？总统李明博下紧急命令，向中国买一百五十吨的白菜和萝卜，但又受反对党攻击，停止再度输入。韩国人民一向爱国心重，强调自给自足。

这一来可惨，有些餐厅，连泡菜也要收钱了。对日本人来说，是理所当然的，他们的韩国食肆，泡菜另算。可是韩国本身，这是自古以来的免费奉送传统，人民哗然。

美国人也不了解这种现象，要解释给他们听的话，唯有说："你们有没有试过，加在热狗里面的西红柿酱要收钱的呢？"

"挨一会吧。"韩国人说，"这种苦难的日子总会过，白菜、萝卜的失收，不会太久。"

是的，韩国是一个刻苦耐劳的民族，被外国统治、受歧视、经内战，但最后都能把文化发扬光大，如今连日本也要接受韩流韩风，且影响到整个东南亚。韩国人挨点劣货泡菜算不了什么，好日子会来。

二〇一〇年美国收费台的连续剧 *Spartacus*：*Blood and Sand*，看完是最刺激，最过瘾的。

这个题材，已由斯坦利·库布里克拍成电影《风云群英会》，是大师级作品。电视剧小本经营，又能弄出什么花样？看过了才知道，没有比这血腥暴力的了。这还不算，充满了性爱镜头，差不多所有的女演员都裸体上阵，就连大场面中的"茄喱啡"，也拉开胸膛，露出"咪咪"。

男观众看了当然过瘾，但女的更是尖叫，戏里出现的战斗士，个个肌肉如钢，还有正面的全裸镜头。

不会演戏的三级片演员，脱了又如何？可是这一群人演技精湛，说服力很强，才更值得一看。

男女观众都喜欢，半男半女的呢？同性恋场面层出不穷，男的和男的，女的和女的，古罗马的杂交派对一场又一场。

暴力方面，加了计算机动画，血喷得完美，断手断脚，断头颅，什么都有。

这些战斗士，和如今的足球名将一样，此剧也有借古讽今之意，嗜血的群众，也与球迷相同。

戏里的贵妇淑女，钩心斗角，真正一群死八婆，她们最后都被奴隶屠杀，大快人心。

天，这种戏，还不卖钱？快点拍下去！可是就那么巧，男主角演到了第一辑的十三集后，就患了癌症。做宣传用吧？一定会复出。观众这么想的时候，有消息他已医好。大家正在高兴时，又证实他已退出。

这次可是真的病了吧？监制和导演怎么办？好莱坞制作人总有点子，戏中出现的那个贩卖和训练奴隶的班主，角色时正时邪，甚为讨好，续集拍不成，就拍前传吧。

有报道说前传中，将描述这个班主如何起家，走的当然又是血腥暴力加性爱的路线，观众拭目以待。

才女

当代的才女，必须受过大都会的浸淫：上海、伦敦、巴黎等。说中文的，更非在香港住过一个时期不可，这里是中国顶尖人物的集中地。

眼界开了，接触到比她们更聪明的男女，才懂得什么叫谦虚，气质又提高到另一层次，这是物质上不能拥有的。

去美国也行，但只限于纽约。当然，纽约不应该属于美国，它和欧洲才能搭配。即使不住纽约，最少也得生活在东部，像波士顿，说起英语来，才不难听。

最忌加州，那边的腔调都是美国大兵式的，而且每一句话的结尾，全变成一个问号，听起来刺耳，非常讨厌，即刻气质下降一格。

除了这些大都会，印度、尼泊尔、非洲、中东、东南亚，甚至南北极，都得走走，学习人家是怎么活的，懂得什么叫精彩。

才女必须热爱生命，充满好奇心，在背包旅行年代，享受苦与乐。如果是由父母带去，只住五星级酒店，也不够级数。

基础应该打得好，不管是绘画、文学、电影和音乐，都得从古典开始着手，根基才稳。一下子乘直升机，先会抽象、意识流、新浪潮和 Rap，以为那是最好的，就走入了歧途，永不超生。

时装虽说庸俗，但也得学习。尽看当代名家，不知道古希腊人鞋子之美，也属肤浅。首饰亦然，有时一件便宜货，已显品位。

爱吃东西，更属必然，这是生活最原始的部分，不得不多尝。试尽天下美味，方知什么叫最好，因为有了比较。这么多条件，一定要有大把金钱撒？那也不一定，有了勇气，在任何环境下都能生存，从中学习。

说到底，最重要的还是了解男性。从书本上当然可以吸取，但现实生活中，多交些异性朋友，不是坏事。"滥交"一词，那是数百上千年前的事，不必理会。有了这种豁达和开朗的个性和思想，才能谈得上才女。不然，最多只是一个没有品位的女强人而已。

《山楂树之恋》

对于张艺谋来讲，导演《山楂树之恋》是轻而易举的事。

农村生活，早在他其他作品中一拍再拍。批评"文革"的，好不过他的《活着》；讲男女的纯爱，也在《我的父亲母亲》出现过。经几部大制作的失败后，张艺谋发现自己最大的缺点，就是说故事的能力不高。他在一次访问中也坦白承认，在画面上有两把刷子，但一交代剧情就头痛。

《山楂树之恋》有小说做根底，拍起来就得心应手了，这也解释了为什么他要翻拍高氏兄弟的电影。什么都好，总之张艺谋作品，对我来说，一定好看，有几部劣作，但在某些画面上总是赏心悦目的。

我迷张艺谋，从《黄土地》开始，虽然挂着陈凯歌导演的字幕，但我们一看，就知道那是张艺谋的影子。后来的《红高粱》《大红灯笼高高挂》都证实了这一点。

张大导更厉害的，是捧红女明星，过去的例子大家都知道，不赘述。当今的这位呢？怎么看都像年轻时的吴倩莲，但少了她的气质和淡淡哀愁。缺点还有身材矮，小腿粗，脚板大。要像巩俐和章子怡出人头地，成为国际巨星，我想比较困难。

男主角一排完美的假牙，"文革"年代，齿科技术没那么高超。样子很像初出道的崔明贵，大家不知道谁吧？那是"粗菜馆"的老板。

手法上，已登峰造极，一边用画面，一边加字幕来解释剧情，不怕老土。男主角替女主角绑上纱布那一段戏，不用特写来强调，也赚观众眼泪。

戏中女主角演样板戏的场面，令人发笑，也提醒当今的观众，你们很幸福，导演常借角色的对白："政策会改的。"

农村的意境，张艺谋一贯拍得如诗如画，但感情上的，还是弱。举个例子，像最后男主角躺在病床，脸黑掉了。这可以只化成苍白，那是女主角眼中的他，才叫意境。

到底是部好戏，却是一部看了心情沉重的戏。在我这个年龄，不看也罢。

经常光顾的九龙城"羊城酒家"歇业了,它的烧卖是我最喜欢吃的,如不到店里光顾,也会去打包一盒排骨饭加一笼烧卖来当早餐。这些味觉,也将成回忆。

开了几十年的老店,怎么做不下去?还是那个答案,顶不了租贵。一早买下,就没事,但做小生意的,哪有这么多本钱?

缴了那么久的租,说什么也比购入更多,店主就算不感恩,也应照顾一下老朋友呀。不,不,由两三万,一下子就加到八万多港币。

现在正在装修,装好后看看有没有人要了。近来在街上走,见许多空铺,没人租吗?市道不好吗?皆不是,问题出在店主要求的数目过高,无人问津时,宁愿空着,也不肯调低租金。

这个现状到处可见,铜锣湾和尖沙咀,有些店外的招租纸一张贴过一张,已成为一整叠了,还是一毛钱不减,宁愿看每个月十几二十万元白白消失，也要硬撑。

到最后，哪种人有这么大的财力？当然是大集团，开连锁店。

走到菜市场，一大批年轻人涌出，干什么的？原来是派传单，要人去买楼。这种做法，只有卖廉价时装用的吧？几百万元的一间鸽子笼，你不是要卖青菜豆腐，可不可笑？

当年股灾大风暴之前，国际金融家来到香港，看见卖菜老太太也拿着手机买几手，就判定完蛋了。这种在街市派传单的现象，不必专家，也知道会发生怎么一回事。

物极必反，是个现象，是个先兆，就算内地人像买 LV 一样来港抢购豪宅，也救不了。他们的经济也需做调整，而调整的最佳政策，就是让地产暴落。

置之死地而后生吧。让整个大都会崩溃，不止一两间空铺，成为空城好了。到那时，也许暴发户心态削减，人民回到基本，从头开始，我们才能吃到好东西吧？

烧卖

友人要在广州开一间点心专卖店，叫我去试试他心目中那位厨师的手艺。

餐厅开在大酒店里面，上桌的蒸笼里，有兔子形的、刺猬样子的种种虾饺，味道还可以，最后我点了一笼烧卖。

翌日，约友人在"白天鹅"，吃过丘师傅做的烧卖之后，友人不作声，他已知道了我的答案。虾饺和烧卖，在点心中是最基本的两种小吃，做得不好的话，别的不必试了。我还带友人去见一位传统点心的老手，叫何世晃。

何先生不但精通烹调，还喜欢作诗，在《粤点诗集八十首》一书，关于烧卖，他写着："纤腰细摆面带红，玉洁肤娇乳交融；烧卖原为北风道，喜临南粤情意浓。"

可见烧卖是外来食物，北方人多包糯米之类，来到了富庶的南方，馅中才加了肉。至于细腰外形，是在制作时在中间以指一捏，正宗的并非又圆又直。上面铺的红色东西，应是螃蟹的膏，但平民化时，用人工蟹黄，也是可以接受的。

猪肉的肥瘦，比率应该是七分半瘦，二分半肥，用手切成零点六或零点七大小的方丁。这有多大？不会用尺去量吧？形象一点，是切成黄豆一般就是，千万不可用机器磨。

肉丁除了食盐之外，不加任何调味品，顺着一个方向拼命打匀，直到馅料变得黏手，这时可以放些葱白和油。

油也有讲究，用"大地鱼"慢火浸炸，剩下的油才香。

顶上的蟹黄，天然的高级。人造蟹黄无可厚非，制作过程是用鸡蛋、生油与柠檬黄及玫瑰红等对人体无害的色素拌匀后烹熟铺上。

如今滥用的所谓蟹子，其实是飞鱼子，当成日本高级货，染得通红，放在烧卖上蒸出来后，褪色成暧昧的粉红，一看倒胃，宁愿用人工蟹黄。其体积有如一颗青柠，像在美国唐人街吃到的烧卖，鬼佬做的荔枝般大的话，就可掷死人了。

虾饺

烧卖从北方传下，虾饺可应该是南粤独有的了。何世晃在他的诗里形容："倒扇罗帏蝉透衣，嫣红浅笑半含痴；细尝顿感流香液，不枉岭南独一枝。"

如果查出处，虾饺为十九世纪末二十世纪初的广州五凤村的村民首创。五凤村是河涌交错处，有很多鱼虾，当地人把最新鲜的虾剥壳后包上米粉皮，做出洁白清爽的虾饺来。

用的应当是河虾，最为鲜美，这点上海人早已知道。如今茶楼中加的虾饺馅以海虾代替，而且不懂得选小尾的，包出又肿又大的虾饺，一看就倒胃。

好的虾饺大小像核桃，形状如弯梳，故有"倒扇"之称。至于有多少褶皱，那并不重要，最要紧的是皮薄，一厚，也令人反感，不透明，颜色混浊，更是致命伤，看见了不吃也罢。

皮的制作，说起来像一匹布那么长，先要把生粉过筛，加盐后放入不锈钢或铁盘之易传热容器，加一百摄氏度的沸水，迅速用棍棒搅匀，粉团有专用名词，叫澄面。

澄面必须加猪油搓揉，这很重要，不管你怕不怕胆固醇，也得用。加植物油的话，香味尽失，不如去吃叉烧包。

取一小团澄面，用中国厨刀的背一轧一搓，薄皮即成。这种手法，练习多次后一定学得会。

馅的制法是将河虾洗净，干布吸水，平刀压烂，加上在水里煲一煲的红萝卜丝和贡菜丝，一起打成胶，再放猪油搅拌。放入冰箱冷冻，待馅的油脂凝固，便可包虾饺了。

秘诀在于做澄面时，滚水的分量一定要算准，否则太稠时中途加水，就失败了，而容器用易传热的，可利用余温把澄面焗熟。

蒸多久？要看你的炉大小，一般，水滚后放入蒸笼中，三分钟即熟。练习数次，便能掌握。请记住，做虾饺等点心全凭用心，动手一做，便会发现简单得很。

怀旧大包

本来想讲广东三大点心：虾饺、烧卖和叉烧包，但最后还是决定写怀旧大包。

本名"大包"，已没人做了，故冠上"怀旧"二字。此名也被当成俚语，卖大包——任人抄，是大做人情，不计工本。

如今能在香港吃到较为正宗的大包，只有北角和旺角那两家"凤城酒家"的姊妹店，"陆羽茶室"也罕见，因为吃一个就饱，做不成生意。

大小有标准吗？许多大包都不够大，应该是蒸四粒虾饺烧卖的蒸笼装得进一个的，才有资格叫大包。

馅的内容有没有规定？原则上应有鸡球、鸡蛋和叉烧这三样主要的材料，故旧时也叫为三星大包。

也有传说是酒楼当晚吃剩下什么，翌日便斩件制成馅，但现如今这三种主要食材，都不是什么贵货，也不必用隔夜菜吧。

其他的，恣意加上好了，通常计有腊肠、腊肉、咸蛋黄、冬菇、火鸭。有些茶楼，名副其实地任人抄，加上鲍鱼、鱼翅、鱼唇和鹅肝酱等，已不平民化，失去了意义。

自己做难吗？难！难在做大包的皮。和叉烧包皮原理一样，先得发面粉，将面粉筛过，加清水，还要放发粉之类的东西，叫面种。

揉拌至面种柔滑，在室温中发酵七八个钟头，看天气增减。接下来的步骤最难控制，得加碱水，碱水分量全凭经验，然后放白糖，再搓揉。又得再加干面粉，揉匀过程中添少许清水，让面团更加绵软顺滑。

将包皮分件，用木棍轧平，包入馅，下面垫上薄的底纸，有时撕不干净，成为吃纸。不铺又会觉得缺了这个步骤，是不是正宗？甚为纠缠。

猛火蒸，因包大，至少十五分钟以上才能熟透。这时香喷喷上桌，那个头之大，孩子看见了都会"哇"的一声叫了出来。这种味觉和童趣，是汉堡包永远给不到我们的。

用
iPad
写
稿

用了各种输入法写稿，结果还是选回用原稿纸手写。这回将出三个星期的远门，预先将部分的作业存起，像餐厅食评等。但本栏的还是得保持新鲜度，只有一面旅行一面写了。

写完传真回来？想到这里，我已怕怕。过往的经验，坏的居多。决定还是电邮到报社。友人问："不是听过你说不会输入法吗？"

我点头："手写输入法还是可以的。用 iPad 来写。"

"不是说 iPad 不可以用繁体字吗？"

"有一个叫蒙恬笔的 App。下载后繁体、简体并用，你想用什么体，手写上去就是了。"

"写一个字，示出后还要选择，烦不烦？"

"烦。但是我在 iPad 上玩微博，已习惯，速度还很快的。而且，它有联想字和联想词，只要一摁，不必再写。"

"可是没有像稿子上的格子呀，你怎么知道会写多了，或写少了？"

"可以把字体放大或缩小，我放到一行二十个字，就和稿子一样。"

"那么多少行怎么算？是不是有一二三四的显示？"

"这倒没有，要靠自己去数。"

"写完一篇，怎么传到报馆？"

"这个 App 的顶部有一个信封符号，写着 Mail，一摁，把对方电邮邮址填上，即能传出。编辑部排好电子文稿再传回给我，我修改，又发出。"

"如果在偏僻地方上不了网呢？"

"那只好等到有 WiFi 时再发了。"

"你有没有试过？成功了吗？"

"这篇稿就是依我们前面讲的方法试写的，如果你看到了，就表示已经成功了。"

吃
什
么
？

在微博上回答问题，是件乐事。

关于吃，我一向说是比较出来的，为什么会推荐这家餐厅？是我在吃过的同类中挑选，认为最好，也没有什么标准，个人喜恶而已。

但有些人看了，还是要追问："为什么是最好？"

已经给了的答案，对方不看，也许不肯看，就问这个笨问题，实在有点白痴。笑而不答，对方再次追问："怎么一个好吃法？"

味道这种东西，不是用文字可以形容的，这一点倪匡兄和我的意见一致。味道要自己去感觉，去比较，才能了解，所以遇到这种问题，只有避之。

"蒸鱼和焖鱼，哪种好吃？"

"当然是蒸鱼。"我回答。

这一来可好，触发到对方的爱国意识，一下子发几十条解释他们家乡的焖鱼有多好是多好。我经常反问一句："你吃过蒸鱼吗？"

对方不答，表示没吃过。这一类的夏虫，不值得去懊恼。

"吃蒸鱼，有什么趣事和故事吗？"美食记者常问。

为什么吃东西一定要有趣事和故事呢？我回答说，有一本书叫《饮食小掌故》，你去找来抄吧。

最讨厌的还是问有关食疗的："吃这东西，有什么好？"

此类问题香港顺嫂最喜欢，她们不问味道或价钱，总是"有什么好？"

"脸上长青春痘，吃什么东西好？"是年轻人最爱问的。

我又不是医生，哪有答案？只有爱理不理地回答："等到有一天你长不出了，就会珍惜。"

"吃什么减肥？"八婆们永远追求的秘方。

我的回答是："吃泻油，吃树皮，吃草。"

最后加上"哈哈"二字，不然对方会当真。

想喝又浓又香的豆浆，可不是一件容易的事，店里卖的，全部已兑过了大量的水，淡得有如黄霑兄常说的"师姑尿"。

记忆中，最香浓的，是在日本大阪的黑门市场喝过的豆浆。转角处有间小店，专卖豆品，门外摆着个豆浆机，塑料玻璃制造，有铁翼在不停地旋转摆动。付六十日元，店里的老太太就会按掣，用纸杯盛出给你。

我们的旅行团一到，必请大家去喝一杯。老太太看人一多，也就让我们自己动手，互相信任，喝多少杯付多少钱。

没试过的团友半信半疑，以为我说这是天下最浓的豆浆这句话，是夸大其词，但一喝进口，即刻点头赞许，认同我所说的。

那里的豆浆并不加糖，老太太说："这样，才喝出豆的香味。"

"你替我问问，为什么只有她才能做出这么浓的豆浆来。"团友常这么吩咐，我照办。

老太太笑了："豆加多，水放少。"

就是那么简单的一个道理呀。

回到香港，凡是喝到店里的豆浆不浓，都向老板们说："试试，做出一杯的话，可当招牌生意。"

"太浓了，煮时容易焦。"一般得到这样的答案，没有人去试。

直到近来，有位朋友说："我煮豆浆时，小心搅动，不会焦的。"但做出来的也不够浓，问原因，回答说："太浓的话，放久了，会凝成豆腐。"

那么日本的那位老太太的产品何来？一定有办法克服，即刻跑去问"公和"的老师傅，也说不出来。再去问"义香"——这家开了五十多年店的陈老板，他说："我也不知道。"

我想，如果用碱水把豆浆凝成豆腐花的话，可以放些什么，让它不会结起吧？这要问问化学老师了，不知有哪一位可以解答？

软雪糕

不知道你会不会？

忽然间，我想吃一样东西，想到发疯了，不吃一口，周身不舒服。

像今天渴望吃到一个软雪糕，可真把人折腾了老半天。

软雪糕通常由一个大型的机器，加特别的雪糕粉和浓奶制造。一按掣，流出又香又浓的雪糕出来，用一个饼制的雪糕筒装着。讲究的，这个筒子还要现叫现做，才算高级。

也有假扮，那是把一杯普通的雪糕，放进一个小机器里，旁边有个把手，一压，就流出状似软雪糕的东西来，一点也不好吃，远之远之。

最美味的是在北海道吃到的牛奶凡尼拿软雪糕，奶香十足，雪糕又浓又稠，但一点也不硬，滋味和口感都不逊意大利雪糕。吃法也不同，意大利的是做好后放进一个小长方形铁箱中，一匙匙舀出来，没有软雪糕那么柔顺，也没有如丝似绵的感觉。

言归正传，听说香港的"崇光百货"有售，软雪糕瘾一发作，即刻由九龙这边驱车前往，发现来自北海道没错，但不是软雪糕。

想起旺角有一家自助式的，又赶回来，软是软的但吃过后觉得奶味不够浓，没有满足感。想找软雪糕车，又看不到。

City'super 有呀，朋友说。又过海，到金融中心，没看到。前几天的报纸，说九龙新开的 The One 有一档日本开的，又回到这边。

店装修得朴实光亮，由几个年轻人主管，坐了下来，才知没有软雪糕，气了起来，打电话质问友人。

那是 City'super 的海港城店呀，回答说。好在不必通过隧道，步行去。终于，在熟食区找到了心目中的雪糕，又软又绵，天下美味。一个不够，店员说有绿茶味的，要不要试？好，但吃进口才后悔，又苦又涩，不像在日本吃到的，即刻倒进垃圾桶，再去买一个凡尼拿软雪糕。店员看到我那副馋相，免费奉送，真是感谢！今天，很幸福。

台东

台北、台中、台南，都去过了，大家不熟悉的，还有一个市镇，叫台东。我们将在十一月初组团前往。

被当地人称为台湾最后一片净土，当然是交通极为不便，才保留得下来。去探路时，由台北转机，颇费周章。看机上航空杂志，发现竟然距离高雄较近。

凡事得亲力亲为，吃完一顿客家料理后，又试从高雄乘车去台东，一路风景幽美，但是山路弯弯曲曲，如怕有团友会晕车，可找到最舒服的方法，那就是坐火车了，虽然要两个多钟头，但看看书，吃吃便当，很快抵达。

原始部落住民都集中在台东，我们一下车后就去体验他们的饮食，很新奇，在香港吃不到。饭后入住台东最好的一家酒店，叫"台东知本老爷大饭店"，有温泉可泡。

第二天，到池上去。池上的蓬莱米，是全台湾最好的，不逊日本新潟米，参观稻米原乡馆后，去看著名的"陈协和碾米厂"，那里有最精密的仪器，一把米中有多少粒是不良的，即刻验出，从众收成中选出冠军米来，又吃米做的雪糕，我最喜欢了。

接着沿太平洋海岸，可以在一个高大的标志处停一停，拍张照片，这是热带与亚热带的分界点：北回归线。我去吃原住民陈耀忠的创作料理，当天抓到什么鱼，就吃什么鱼。晚饭有更多的海鲜，美娥餐厅是台东最好的一家，有许多香港未见过的海产。

最后一日，早餐可在酒店进食，也可以出去尝尝猪血汤、羊肉汤，任君选择。中午到一家叫"米巴奈"的原住民餐厅，进口的门外画着一张人脸，是白色的；回去时，又有一张，是红色的，代表无醉不归。主要还是原住民吃的一些罕见的山菜、野猪肉等，还有他们酿的土酒，微甜，易醉人。

上一届派在香港观光局的王春宝兄如今住在台东，有这位高官带路，十分放心，保证了一个完美的旅程。

又见台东

　　台湾人都说，台东是他们剩下的唯一乐土。如今要保持这个状况，唯有交通不便才行，否则早就游客泛滥。

　　去台东的路不多，可从台北转内陆机，上次去视察也走过，因为隔着中央山脉，气流不稳定，一下大雨，差点降不下去，而且从香港前往，飞到北部再南下，似乎是冤枉路。

　　看了机上地图，才发现离高雄较近，也试了这个走法，飞高雄，再往山行，这一来可好，路弯弯曲曲，有些人晕得作呕。最后，选择了火车。

　　这回重游，和团友们一块从赤腊角飞高雄，不到一小时抵达。中午，先去我熟悉的一家客家菜馆吃一大顿大餐。

　　菜式有台湾典型的客家菜"三封"，这是香港没有的。所谓三封，是把猪肉卤了，再用冬瓜、白菜和苦瓜三种蔬菜盖住肉，红烧后上桌，这道菜先声夺人、色、香、味俱全，大家都吃得高兴。

鲫鱼一人一尾，也不知道怎么养的，一年四季皆怀春，鱼肚胀鼓鼓，充满鱼子，虽然骨头已卤得酥了，但骨和肉是不吃的，只取鱼子。

香港的猪大肠一向是炸，那里的用酸菜来炒，也特别。再加一个客家小炒，有干鱿鱼、猪肉、灯笼椒、菜脯等切丁混在一起翻兜。

花生豆腐是把花生卤煮后磨成浆，加米粉和糖蒸出来，做成豆腐样子，上面撒着虾米，又甜又咸，很特别。

卤元蹄分量很大，下面铺着酸笋，肉当然美味，尤其是肥的部分，但看到大家举筷最多的，还是笋干。

本来要喝酒，但这家人做的酸梅汤和冬瓜汁很浓，就忘记了。

最后上艾饼和茶油面线，再饱也猛吞几口，抱着肚子，避过市内的交通阻塞高峰期，到一个叫杭寮的车站，乘九十分钟车，小睡一会儿很快就到达台东的温泉村知本。

这条路，最舒服不过。各位去，不妨选择。

行李由专车输送，不必提上提下，轻松来到了车站，另一架车载我们往深山走。一路风景极美，山幽深处一团团的烟，由地下喷出，团友们都说："真像日本的温泉。"

最高级的是"老爷大酒店"，为台北的集团经营，房间虽非榻榻米，但床铺靠近地面，有点日本榻榻米的感觉。

温泉好几处，先泡户内大浴室，再去吃晚饭。

原始部落很多，共分十二族，其中有七个分布在台东，张惠妹那一族也在此地。原住民从前捕鱼为生，如今已多种植，每日勤劳之余，最喜欢做的事就是唱歌、跳舞和喝酒，做的菜当然也好吃。我们享受到了丰盛的一餐，有野山猪和各种没见过的山珍，团友们都说在香港吃不到。

饱了，回到酒店，爬上斜坡，就是露天温泉了，脱光衣服往池中一跳，抬头，看到满天的星星，台东没有重工业，空气不受污染。

知本温泉外国人很少知道，去年有阵大风雨，把一间旅馆冲进河里，这个地方就是知本。因为那部新闻片太多人看到，如今生意清淡了许多，其实当年造成的伤害并不大，只是损失了一家酒店，人早已逃出。

在原住民的方言中，"知本"是涌上来的热水的意思，和日语无关。

翌日，我们又去吃一顿原住民的菜，他们住山吃山，靠海吃海，这回是海鲜餐，由一位叫陈耀忠的渔民做的，没菜单，当天捕到什么吃什么。

陈耀忠厨艺了得，曾被请到台北表演和实习。今天的菜，第一道就出了橄榄般小的野生苦瓜，中间放了滇鱼酱。分量极少，一人一小颗，还用酱汁在碟上画着图案，看样子，学到了花巧，和原住民的大鱼大肉菜不同。

但鱼虾的确新鲜，不是养殖的，如今已难得，吃出了真正的甜味，又无渣，不容易。这一餐，大家都赞好，除了那道烧鸡，到底家禽并非陈耀忠拿手好戏。

陈协和米厂

来到台东，最大的乐趣在于享受新鲜空气，吃原住民餐和泡温泉，还有就是买米了。

米？有没有搞错？是，是。台湾的蓬莱米，并不逊又肥又胖的日本米，尤其是池上生产的。

"池上"这个名字也不是在日治时期取的，这里有个地壳断层，从山脉间流出的积水成池，叫为大波池。由于水源无污染，地质肥沃，是开垦为水稻田的理想耕地。

农民恢复到早期耕种方式，完全不用化学肥料和农药生产出的有机米，台湾本省已供不应求，很少输出到外地。本省人卖的盒饭，最著名的叫"池上便当"，就是用此地的米。池上这个名字早就听说，如今可以到原产地一游。

我们先到池上万安小区去，吃用米做的种种点心。最出色的点心名叫"爱恋65℃"。

汤种面团，以鹿奶在六十五摄氏度烘焙，做出各种吐司面包和糕点，闻名全省，要三个月以上的预订才能到手。老板潘金秀这位年轻女士不爱大城市，还乡来住，热情地招呼我们。

从小区出来，散几步路，就到了"陈协和碾米工厂"，此厂已有数十年历史。老板陈政鸿已是第三代，采取最先进科技，从收割进仓、烘干、贮藏、碾糙米到放入暂存筒，再到精碾白米，色泽选别、分类包装各步骤，一一说明给我们听。

看过他的机器大为惊讶，先分米的重量，再分析食味价值，到米粒完整率，每一颗米分未熟米、被害米、死米、水分、蛋白质、淀粉质等等，都可以用计算机来分析，谁种的米是今年的冠军，绝对假不了。

"米最有营养的部分就是糠，"陈政鸿幽默地说，"但是我们把它磨掉，只吃不健康的蛋白和淀粉，古时人称糟糠之妻，其实老婆才是最好的。"

　　我们又吃了一顿原住民的大餐，叫"米巴奈"。门口画着两个土著的原始图像，进来时人的面是白的，出去时画的面是红的，表示酒醉饭饱。

　　前一晚是"美娥"海鲜，当地最为高级，有人说："前一些时候，林青霞还来过呢。"

　　林大美人，沾了她的光是快乐的，要是对方说"阿扁刚放出来，就到我们这里"的话，就有点倒胃。

　　这次我们从高雄来台东，乘的火车叫"莒光号"。还在用这个"莒"字，令人想起当年的台湾到处贴的口号"毋忘在莒"。唉，时代的变迁，实在是神速。

　　回高雄乘的叫"自强号"，车子较新，也更快，一个多小时就抵达。

　　大家都吃得满意，但有些东西只是我私人享受，不能与诸友分享，其中之一是"小美雪糕"，在彰化县芳苑乡生产。

这种最原始和最老土的雪糕，有个塑料盒，黄底红彩，褐色字。成分写着：奶粉、砂糖、椰子油、麦芽糖、乳化安定剂、香草香料、食用黄色色素四号和五号。

好吃吗？和意大利雪糕或北海道软雪糕一比，当然没那么高级。价钱也相差一大截，八十五克才卖新台币十八块，合港币四块钱左右，但那种奇特的味道，大概是出自椰油吧？从前的雪糕都用椰油做的，包装盒上小字写有"伴您走过成长的滋味"。

真是台湾人所形容的怀旧"古早味"吗？那倒未必，如今求健康，放的糖愈来愈少，淡出鸟来，可以前的都是不甜死人不要钱。

其实所有产品都可以分两种出售，一种叫新口味，一种叫原味，就能保存传统，但没有人这么做。

原先在台东负责旅游的王春宝，他在驻香港时我们结交成好朋友，如今已又调台北去，我不陪团友返港，独自北上找他。

基
隆
夜
市

王春宝是台湾观光局中的一位杰出人物，毫无官腔，一心推销旅游。而办旅游，最有力的武器，就是吃了，他早就知道这一点。

与其说台湾小吃有多好多好，不如把他们请进来做给香港、澳门人吃，这方面王春宝多年来下了不少功夫。他在任期间，去台湾的旅客节节生长，也是有目共睹的。

我们在台北的"度小月"分店会合，互相拥抱之后，向他说："我很久没有去士林夜市了，还是老样子吗？"

"基隆的去过没有？"他问，"那边比较有规模。"

啊，基隆，这个海港的名字，听起来亲切，但十年前去过一次后，再也没有重游。当年由台北出发，甚费周章。王春宝说现在去，只要三十分钟车程。基隆是出了名的雨港，一年从头到尾都下雨。我问："天气怎样？"

"全球暖化，下雨天是一半一半了。"王春宝说。

车子直达夜市那条长街，两旁就是小食店，很齐整，也干净，不像士林那么凌乱，食物花样也更多，推荐各位一游。

在一家叫"纪"猪脚原汁专家的小档坐下。店里摆着一个大锅，里面像沙田柚那么大的猪脚一早煮得烂熟，一只只放进锅中做做样子，切开给客人吃。千万不能小看，真香，那么大的一只，连肉带筋一下子就吃光，好吃得厉害。

又有一档卖蚵仔煎的，外面贴着马英九来光顾的照片，特别之处在于坚持烧炭来煎，用的是鸡蛋，下红色的甜酱，与潮州人的蚝烙用鸭蛋不同，而且潮州人喜欢点的是鱼露。

有家甜品店叫"三兄弟"，卖仙草冰沙、蜜糖地瓜、红豆汤、黑色的 QQ 粉圆加豆腐花，后者是用了魔芋粉，比香港的豆花硬，但少了豆味，不过各有各的吃法，自己喜欢就是。

那么多家，我们只吃了这三档，已捧着肚子说快要撑死。如今我的食欲，是减少了甚多，不能与年轻时吃遍整条街比。

　　到台湾旅游，至少上百回，也因工作在台北住过两年，可以说差不多尝遍当地的美食。

　　印象深刻的当然是些街边档，大食肆反而少，有一家不得不提的，就是位于埔里的"金都餐厅"。

　　为什么会老远地跑到埔里去？皆因入住了全台湾最好的酒店，日月潭的"涵碧楼"。而埔里就离日月潭不远，第一次去了"金都"，就让我感觉到惊喜，在我这个年岁，"惊喜"二字，已来得不容易。

　　"宣纸蒸香扣肉"，用黑毛猪的上等五花腩及鲜嫩甘蔗心为主要的食材，加上在埔里酿制的陈年绍兴酒和当地盛产的茭白笋，把肉焖熟后用宣纸包扎，以一大个盘上桌，卖相先声夺人，味道极佳。带了倪匡兄去吃过后，他挥笔题上"此扣肉为七十年来仅见"几个字。如今，此店已把他老兄的墨宝印在包肉的宣纸上志之。

茭白，台湾人称之为"美人腿"，在埔里吃刚折下的，又嫩又爽脆又清甜。吃得令人上瘾之时，餐厅就来一餐美人腿宴，用种种方法做出，但最好吃的，还是白灼后蘸酱。此道素菜，也受来到埔里参拜中台禅寺者欢迎。

喝的汤，是以一大陶盘装着的莼菜羹，上面飘有莲花木耳，色香味俱全。这是新派菜，但没有忘记传统做法。冬瓜节瓜菜，也是以原形的瓜挖空当碗碟。

好吃的原因是大师傅阿宏的基础打得好，店主王文正和林素贞又是美食家，这对性情中人把师傅带到世界各地去品尝，不像别的餐厅，做菜的人一直躲在厨房里，不知天下发生什么事。

埔里除了出陈年佳酿，也造纸，加上当地丰富的食材，完全给"金都"都用上，地方色彩浓厚，人情味又重，这是他们的特色。

差点忘记说的，是一道最普通的米饭，用腊肉蒸出，看似普通，其实是精选白米和自制腊肉的精华而制成。我每次去，都要连吞三大碗。特此感谢王氏夫妇。

不会老

我常说："好的女人不会老。"

没经验的年轻人不知道我说些什么。昨天微博上出现了一个人说："我看到昂山素季的新闻。现在,我了解你说的,一点也不错,好的女人,是不会老的。"

也有些女政治家也长得美,像巴基斯坦的贝·布托,但她没有女人娇柔的一面,再美再艳,也老得不优雅。

什么叫娇柔?很多人都提起她在家门出现,向支持者挥手的那一刻。但只要仔细看新闻,就知道她对人打招呼时,是接着那束鲜花后,采下一朵,插在发髻上面。这就是娇柔了。

另一个不会老的例子是朱玲玲,儿子已长得大到可以追求游泳女将了,她本人看起来,比未来媳妇还要年轻。

但样子看来不会老的,就是好女人吗?那也未必,她的好,是好在有独立的思想和行为。日子一久,先生不懂得珍惜,她忽然出走，改嫁欣赏她的男人。贤淑的妻子，没有什么令人惊奇之处，世上也多得是，但预料不到的个性，才令人更加敬佩，男人娶了她，也算是一种荣幸了吧。

昂山素季与朱玲玲这两个人都来自缅甸，会不会只有缅甸女人才那么顺眼，那么耐看呢？

佛教的熏陶还是有点关系吧？一个缅甸，一个柬埔寨，两者都受过民族大屠杀。如今去吴哥窟，看到的柬埔寨人一脸的怨气，好像天下人都欠了他们一份公道。

反观缅甸人，一脸祥和，问他们最幸福的事是什么？回答道："能够到庙里去打打坐，最幸福了。"

但泰国人也深信佛教呀，怎么在政变时还要杀那么多人？要知道，佛教不是他们本身的信仰，是外来的。

说到外来，缅甸的佛教也是外来，这又要更深一层研究人性了，弘一法师说："自性真清净，诸法无去来。"

是的，人性一美，人就美。最厉害的，还有不会老。

银
纸
餸

　　如果你是拍电影或电视的，那么戏里面的服装和道具，千万别在制作完后随便扔掉，它们会很值钱。

　　举一个例子，像《迷失》这出连续剧，拍卖剩下来的东西，一共可以赚一百多万美金。制作单位愈来愈重视这些"遗物"了。我还保留着几张李小龙电影海报，据说也可卖上万美金。

　　美国一炒开，当然中国也会炒。那批精明的犹太人不会放过这个市场的，像他们来内地炒年轻画家的作品一样，等到一热，他们已经把钱赚饱拿回去了，以后东西跌不跌，是你们的事了。

　　眼光有没有关系呢？如果你够独到，在便宜时购入，岂不大赚？但一两幅画罢了，能赚多少？一大批一大批的，才是生意经。这是专业人士才有能力炒出来的，非你我做得到。

　　做生意总有风险，尤其是这种暴利的投资，愈炒得疯狂，愈会跌进谷底。今天的消息就有一个人前些时候买进六百万一饼的普洱，如今跌成十几万港币。

但至少，普洱是真的，只是跌价而已，自己还可以泡来喝掉呀，要是买的是假画，那可真的哭笑不得。日本人在经济泡沫未破前以天价买的凡·高《向日葵》，一直说是假的，至今没有人再提，因为买主不肯拿出证实。

这种事屡见不鲜，最典型的是红酒，什么什么年份的，老到不敢打开，只在拍卖价中转手又转手，弄几瓶假的，绝对没人知道。

假茅台已经不是什么新鲜事，五十年前的，如今炒到三万港币。有个朋友不知道，还要送我，我快点拿还给他，说再等个三五年，一定变成八万十万港币。因为那瓶东西，一两年前只卖一万多罢了。

等到八万十万港币时，又没有人打开来喝，当古董摆在架子上，真假再也不要紧了。

有个人问："蔡先生，五十年的茅台，用什么菜来送最好？"

我懒洋洋回答："那么贵，不如用银纸当餸吧！"

老祖宗

我们吃的所谓大西洋鲑鱼，野生的极少，多数在北欧和南美养殖。

养殖鲑鱼的缺点我已再三说过，但还有很多不怕死的香港人，围着那条旋转带，一碟碟取下来生吃。

服了，服了。这和吃寿司的精神完全相反，日本人的刺身只有深海鱼能吃，游进淡水河产卵的三文不包括在内。正宗的店，在店内是绝对看不到鲑鱼的。

生鱼片一向卖得贵，我们当学生的日子很难得才吃一次。如今以贱价出售的，分分钟吃出一肚子虫来。

这还不算，美国将通过法律，允许鲑鱼的基因改造，在短时间内让鱼长大，养殖期比旧的缩短一半。

不会有问题的，人家都那么说。养的味道已经比野生逊色，这种次货还要再减半，怎么可能好？

对，反正初尝寿司的人吃不出。但是基因一改变，有什么后果？谁知道？才刚开始实验，就要推出市场，这种变种基因，人体吸收之后，女人胸部变大，那就万岁万万岁，不必去动手术，男人那话儿也有福了。但当该大的地方不大，反而变小时，人类就哭笑不得了。这不是大头婴儿那么简单，只影响智商，也许造成人类永不生育呢？

鲑鱼基因改变法一通过，其他的海产就接着来，以后我们吃的虾蟹贝类，都来这一套，怎会不吃出毛病？

可怕吗？知道有什么后果并不可怕，不知道才糟糕！别以为可以避免，基因改造食物已进入了我们的日常生活，如今吃的玉米和西红柿，比从前的又大又漂亮，都是变了种的。

大家开始吃有机食品了吗？第一，贵得要命。第二，并不好吃。第三，买起来困难。内地运来的食材又涨几倍价了，我们还能有剩余的钱来买有机吗？

吃吧，吃吧，什么变种的都吃吧，吃完再说。多年后的未来，在纪录片中见到的人类老祖宗，原来还是顶好看的。

贵衣

天下最贵的衣料，是藏羚羊毛纺织的，名叫 Shatoosh，最为保温，而且柔软，轻飘无比，薄如蝉翼，是人的头发的五分之一，一大张披肩穿过一个戒指，一点问题也没有。

但已不是价钱问题，藏羚羊被非法分子屠杀得七七八八，你还披上一件的话，在欧洲会被淋红漆，别说敢不敢买了。

次一级的叫 Vicuna，从南美洲的驼羊颈项上取毛，没有伤害到动物，可以在市面上公开贩卖，一件短夹克，也要卖到二三十万港币了。

可怜的绵羊毛，不够暖吗？也不是，高级的开司米照样不便宜，那是采自北印度的小绵羊颈毛做的。但商人鱼目混珠，什么叫真正的开司米，愈搞愈糊涂，消费者只有靠名牌公司来认货。

绵羊其他部分的毛也不错，重了一点罢了，但没人稀罕。如果不是求轻，那么大家宁愿买骆驼毛去，其实也很好用，价钱合理的。

总之一多，就不值钱了。商人找来找去，找到西藏的牦牛毛，当然不是外层粗糙的，而是里面的细毛，这个部分的毛，如不采取，天气一热也会掉落，废物利用罢了。如今，这衣料被登喜路公司开发，推出一些珍贵的限量版来。

热起来有什么花样？意大利的 Loro Piana 发现了一种生长在缅甸的莲花，用它的茎来抽丝，织成又轻又有光泽的薄料子。得多少莲梗才能做成，价钱当然也不菲，一件上衣，约五六万港币吧。

贵吗？当然贵，你的家产上亿的话，这数目就是像你我花一千几百元而已了。不过，有钱的人不少，但懂得花钱的，毕竟不多，他们也不一定肯买，还是那么一句老话：赚钱是一种本领，花钱才是艺术。

但等到你会花钱时，身体又胖了起来，贵衫再也穿不下。到头来，人还是要活得优雅，才有资格穿好的料子，而活得优雅的人，身材保持不变，这种人，一件好料子的衣服可以穿上几十年。贵衣，再也不贵了。

戒烟记（一）

我一向说，凡是陪伴你数十年的东西，都已变成你的好朋友。习惯，也是一样。

从十五六岁开始抽烟，至今已有五十多年了吧，要我放弃，并不容易。但是，当老朋友要你的命，每晚咳个不停时，也只有找办法把它戒掉了。

试过多次，吃戒烟丸、贴膏药布，等等等等，皆无效。

用意志力呀，有人说。哈，谁不知道呢？我是王尔德的信徒，他说过：唯一一样可以抗拒引诱的方法，就是投降。

一天，看到报纸上的广告：针灸戒烟。

哈哈，这我有兴趣。我的肩周炎，就是针灸医好的，对这门古老的医学，深信不疑。约好时间，找到观塘工业区中一栋大厦，在十五楼，有间博爱医院小区健康中心。我只会早到，门尚未开，几位年轻女职员正在吃外卖的三明治和咖啡，看到让我进去等。

九点，正式服务，走入房，天！其中一名女娃娃，就是针灸医师了。

问明烟龄，有无药物过敏问题，一一记载于计算机中，就开始针灸了。先由脚部、手臂等穴位扎针，一面问麻不麻、痹不痹？不用一个"痛"字。这也不奇怪，所有医生对于痛，好像都有忌讳，不存在他们字典之中。

说一点也不痛吗？那是骗你的，有些穴位并不一定准，尤其是刺到深处。真不愿受此老罪，但也强忍下来。这位年轻人还用电流通过针刺激，说是新法。留针半个钟头后，把针拔去，再用一种很短的针，黏着一块小圆布，像大头钉一样针住耳朵，一次八九针。

治疗完毕，可以放人，我走了出来。按医师吩咐，一有烟瘾就按几下耳朵，痛是不太痛，但舒服是谈不上的。

有效吗？有效吗？周围的人看到我的耳贴都问，我心中说：哪有这么快的道理？

一个疗程要六次，耐心去戒吧。

第二次治疗，我问医师："针灸戒烟，主要的穴位是在耳朵吧？"

对方点头。我提问："那么针手和脚干什么？"

"见你咳嗽，有帮助。"她说。

"那么不用了，咳嗽我吃药去。"见医师年轻好欺负，我坚持。

拗不过我，接下来几次集中精神针耳。

"如果有进步，会有什么反应？"我又问。

"逐渐失去烟味，有的人会一闻到烟就反感想吐。"

在我的情形，完全没有这种现象，而且那烟味来得之好，人家说似神仙，我说抽了比神仙还要快乐。

也许是因为我不听话，不肯配合手脚并针，这六次下来，并不觉得有任何不同。戒烟，是彻底地失败了。

把这个结果告诉医师，对方有点失望，同时说："那要不要寻求别的治疗？西医方面有贴尼古丁的方法，需不需要推荐？"

从她的表情，看出是真正有心。我要求："可不可以再试一个疗程？"

对方即刻为我登记时间，答谢后告辞，坐上车，又想去摸烟盒时，咦，好像感到心头一阵烦闷，最后还是照吸不误，但已觉得不是那么好抽了，是否开始见效？不得而知。

正当要出远门，去埃及和约旦考古，刚才那阵感觉，和心脏是否有关？

还是先去检查一下吧。经家庭顾问吴医生介绍，见了心脏专家刘医生，仔细地做胸透、心电图等，结果发现血管已阻塞了两条。

"还是通一通吧。"刘医生劝告。

但这次远门早已安排好一切，因此不成行，太过可惜。

"能不能旅行？"这是我最关切的一个问题。

"没问题，休息几天就可以。"医生肯定。

好，就那么动手术了。

通血管这回事，如今已是简单得再不能简单。刘医生说只要从手腕中插进一条喉管，可在 X 光之下进行，几个小时就搞定，当天进医院，当天就可以出来。

为了安全，还是住了一晚，在半夜十二点之后再也不能吃东西，也不可喝水。

护士笑嘻嘻走进来，说要剃毛。

我最不喜欢这回事，上次开刀也要，再生时毛硬，左插右刺，那种感觉极不好受。

"医生说由手腕打进去，和大腿之间又有什么关系？"我抗议。

"万一手部的血管太硬，也要从腿部打进喉管的。"护士解释。

唉，只有听她的了。

要一颗药丸，睡到翌日，一早就被推到手术室，事前刘医生提起过，成功例子百分之九十九，也有万一。回想这一生，没有什么可以遗憾的，放了一百个心。

原来是不需要全身麻醉的，在完全清醒之下进行了这个俗称"通波仔"的手术，有一面大屏幕，可以看清楚整个过程。

看了又如何？我闭起眼睛，任由摆布。

很快很顺利地完成，又被推入病房。护士长走进来聊大，说："吃了那么多好东西，这么多年来，才塞了两条，算是够本的了。"

我点头："够本，够本。"

插进喉管的部位，麻醉已消失，开始有点痛，是不是可以打一针吗啡舒服一番？才没那么好，送了一颗普通的"必理痛"而已。

回到家里，躺了一阵子，闲时拿出 iPad 在床上回答"新浪微博"的网友各种问题，也不感觉到闷，见到网友的数字日日上升，已近一百万了。

如果不是医学进步，早个十几二十年，是要劈开胸膛，从大腿取出一条血管来驳心脏的，想到这里，大叫幸运。

这段时间，没有想到抽烟，顺理成章，戒掉了。

戒烟记（完）

忍不住爬起床，往菜市场跑。

天已冷，各种蔬菜又肥又大，看见了我，好像笑了出来："快来买吧，快来买吧。"

把所有食材洗净，一道道仔细做。没有算过，烧出好几个人都吃不完的菜来。吃完，饱饱。这时，才想到烟，拿出一根"二〇〇〇千禧纪念版"雪茄，抽了几口，这不是吸烟，是把完美的一餐结束。

要感谢的是刘医生精明的医术，还有博爱医院和政府卫生署合办的戒烟服务。前者的热线电话为 2607 1222，后者为 1833 183。除了在观塘巧明街富利广场 1505 室的小区健康中心之外，还有流动综合中医诊所，派医车停泊在天水围、将军澳、黄大仙、港岛、荃湾葵青、元朗屯门、北区沙田、观塘、马鞍山、新蒲岗等地，由星期一至星期六为大众服务。

而且完全是免费的，大家只要打电话去预约就行。

整个戒烟计划由一位叫罗永煦的年轻香港女医师提创，学习针灸多年，并常与国内各大师交流针灸医术，很热心地为人服务。

是时候旅行了。我这次由赤鱲角乘半夜的飞机，飞到迪拜，再转去埃及首都开罗，住几天后从开罗再到安曼，去看看世界七大奇观之一——佩特拉——那扇玫瑰颜色的巨门。

中间有时差，我在二十六日晚上乘国泰机出发，坐八小时飞机，也在当天一早六点多到达迪拜，迪拜到开罗的那一程，坐的是阿联酋机。迪拜的候机楼当然是要多豪华有多豪华。候机楼一共分两层，落地玻璃窗外是飞机坪，室内坐得舒服，吃的东西也非常丰富。

一看，二楼有吸烟处，已经不抽了，看看也好，坐了电梯上去，哪有什么吸烟室？原来整个二楼，全层都可以吸烟，绝不是躲在一角那么鬼鬼祟祟。大沙发中间的桌子，放着一个个大玻璃烟灰盅，任人吞云吐雾。

但是，对于我，已毫无用处，享用不到矣。

人生，实在有点讽刺。

出埃及记（上）

　　如果你是一个爱旅行的人，那么埃及的金字塔，是一生中必游的圣地。从老祖宗的黑白残照，我们可以看到他们一早已经千辛万苦，跑到塔下拍它一张。如今交通这么发达，还没有去过金字塔，好像说不过去。

　　为什么尚未去到？皆因人生旅行分两个阶段：年轻时充满好奇心，什么恶劣的条件都阻止不了你的决心；或者，经济基础已打稳，舒舒服服前往。

　　一错过了，就放弃吧。这时人生总有无数的忧虑，像留多点给孩子、有没有恐怖分子袭击等等，让你有一千个理由裹足不前。金字塔？在明信片上或电视纪录片看，不是一样吗？

　　我算是幸运，一生中去过三次：背包旅行、工作视察和如今毫无目的地游玩。埃及，一点也没有变，但心情已完全不同了。第一次接触到埃及，是看了一部叫《帝王谷》（*Valley of the Kings*）

的好莱坞片子，由罗伯特·泰勒和埃琳诺·帕克主演，片中他们住的酒店叫米那宫酒店（Mena House），坐在阳台，金字塔就在眼前，印象犹深，这次我终于入住。酒店已翻新了又翻新，剩下旧建筑当大堂，客房新盖在另一边。如今由印度的 Oberoi 集团管理，听到这个名字，像少掉很多埃及气氛。

由迪拜飞开罗也要四小时，加上等机，我差不多花了一整天才从香港抵达，中间也只有胡乱地塞一些食物进肚，是时候好好吃它一餐了。写到这里，我想各位最有兴趣知道的是埃及菜有什么好吃的？未来之前我已做好心理准备，有什么吃什么，人家几千年文化，吃的有它一定的道理，发现好的、忍受难吃的就是了。

这么想太过天真，这几天吃下来的，粗糙得不可忍受，而且有一阵难闻的异味，来自他们用的香料，想避免都避免不了。这是为什么？背包旅行和工作时，怎么感觉不到？完全是心情，当你饥饿时，你不会挑剔，我指的是在精神上的。

旅行，应该趁年轻。那时，你不会介意对方的牛仔裤穿了多少天，对食物的要求也不会像现在这么嫌三嫌四了。

出埃及记（下）

为什么埃及没有美食？人家也是文明古国，吃文化总可代代相传下来吧？

我觉得是地理环境不富庶，就没办法产生什么厨艺。人民谋生已是问题，能够糊口就是，哪来的大鱼大肉呢？这只是我个人观点，不一定正确。

是，建筑金字塔需要无限的财富和智慧，但只属于一小撮人在控制，大众还是贫苦的，对饮食没有什么要求。人民的素质，还是很差。

整个开罗很脏，通过市中心的人工运河，两岸堆满垃圾，上百年没清除，再过几个世纪也还这样吧。金字塔还是老样子，经过数次恐怖分子的袭击，增加了许多拿机关枪的人员，称为游客警察。旁边的驴子和骆驼尚在，排泄物的一阵阵异味攻鼻，久久不散。我对这个恶臭产生过敏症，已达忍无可忍的地步。

出埃及记（下）　　**273**

趁年轻时，快点去看金字塔，你会爱上这古老的文明，感叹那伟大的工程，不然，只是堆叠积的巨石。记得我首次来这里时，去菜市场看奇异的蔬菜，在茶档中和当地人一块吸水烟，那种乐趣，如今重游，已经尽失。埃及没有变，变的是我。

我开始觉得吃饭时看的表演，由一位艺人把身体转了又转，是沉闷又单调的。为什么好好的民间艺术要拉得那么长，重复又重复？再怎么好看也感到无聊，像看到我们的舞狮，永远是同一动作。就算那诱人的肚皮舞，那女的身材再好，舞姿再那么挑逗，也因为拉长了来表演，令观众失去了兴趣。

再值得研究的历史和文明，也逼得我喘不出气来。

忽然，我对埃及感到极强烈的厌恶，想尽快地离开，因为这块古旧的土地代表了我垂垂老矣的心情。

我要学习摩西出埃及，带着的不是以色列人民，而是我那火样红的青春！

非
主
流

　　张艾嘉，是老朋友了。多年来，看她成长，结婚，生孩子，电影一部部拍，慢慢地由演员当为导演，都是有水平的作品。

　　她从不停下来，近来多做文化事业。她来自台湾，对那边有份深厚的感情，在二〇一一年，当了台北电影节的主席。

　　《那些年，我们一起追的女孩》类型的片子，也不必向大家忙着推荐。艾嘉一向走偏锋，她喜欢的，认为值得介绍给海外观众的，是一些非主流的影片。

　　又是些什么作品呢？纪录片呀！

　　《他们在岛屿写作》的一系列电影，深入六位殿堂级文学大师的灵魂，拍出六部令人印象最深刻的文学电影来。

　　王文兴由十八岁开始写作，有《家变》《背海的人》等作品。在《寻找背海的人》这部纪录片中，他说："几十年走这条路的自由，不是标新立异，而是绝地求生。"

非　主　流　　　**275**

杨牧的诗，很多人欣赏，纪录片叫《朝向一首诗的完成》。

余光中不必我介绍，《逍遥游》记录他每一个创作阶段，他说："蝉蜕蝶化，遗忘不愉快的自己。"

郑愁予在《如雾起时》一片中说："是谁传下这诗人的行业，以我的一生为你点盏灯。"

周梦蝶已九十了，还在写，记录片为《化城再来人》。

林海音的《城南旧事》更是我们必读的，记录片为《两地》。

更难能可贵的是除了能在香港电影院上映之外，还有数场作者的现场讲座，千万不可错过。

联络：http：//fisfisa. pixnet. net/blog

在欧洲旅行时，遇到一个香港人，有头有脸，是个富翁。

"欧元那么高，东西那么贵，我住的那三流旅馆，你知道要多少钱？港币三千呀！"他向我诉苦。

"你那么有钱，算得了什么？何必斤斤计较？"我笑着说。

"哈，不斤斤计较，怎会有钱？"他反驳。

唉，话不投机，我转头就走。他把我叫住："人家都说你是一个活得潇洒的人，教教我怎么花钱吧！"

我敷衍几句："你银行有多少钱，自己也算不清吧？"

"我当然有钱得数不清啰！"他自豪地说。

"那么多一个零和少一个零，对你的生活没有影响吧？既然没有影响，那么一百块欧元，当成一百块港币来用，日子就会好过的。"

"咦！"他大叫，"你在开什么玩笑？"

"不是说笑，说真的，"我说，"我住的这间八百欧元，我当是八百港币，便宜得很。"

　　"这……这……这……这怎么可能？八百欧元，是八千多一晚呀！怎么可以住那么贵的？"

　　"你今年多少岁了？"我问。

　　"六十八。"

　　"儿女需不需要照顾？"

　　"都大了，老婆也死了。"

　　我想说，那你也死吧！但没说出口，瞪了他一眼，走远。

运动鞋

运动鞋，广东人叫为"波鞋"，是如今男女老幼必备的。名牌子和各种设计出完再出，报纸杂志上充满了运动鞋的广告。

从前较为简单，学生穿的，是一双单薄又原始的布鞋，通常是白色的，所以粤语也叫为"白饭鱼"。白饭鱼脏了，就拿去水洗，洗久了还是那么黑，便加白色颜料去粉刷，有时粉涂得多了，就像老太婆化的妆，一块块剥脱下来。

随着生活水平的提高，聪明的商人开始做高级运动鞋，底愈垫愈高了，矮仔大为高兴，今后穿的都是波鞋。

料子也愈来愈高级，什么真牛皮都派上用场，不管有多重。这还不止，在设计上大花脑筋，任何颜色都有，有些还会在黑暗中发光，最后加上 LV 两个字母，或者暗藏着一个 H，就能卖出天价来。

别以为年轻人不知，有些简直是专家。这双多少钱，那双是物有所值，一看到别人穿便宜一点的，即刻嗤之以鼻。

运动鞋专卖店开个不亦乐乎，有些设计还加了弹簧，说穿了就会像羚羊那么跳跃，信不信由你。

这加那加，这双运动鞋已经愈来愈大，愈来愈重，有点像荷兰人的木屐，更似米老鼠的鞋子了。

自己穿完一两次，就去换一双新的，把旧的送给了母亲，强迫她穿，说这走起路来脚才不会坏，尤其在旅行时，非穿运动鞋不可。

在机场，老人家穿得辛苦，也得强忍。终于有时间坐下，脱了"千斤担"，揉着脚那副痛苦的样子，看到了，很想把她们的子女送去纳粹集中营。

老酒

倪太抱恙，报喜不报忧，本来不想写的，后来见周刊也报道，就下几笔。

这些日子来，倪匡兄愁眉苦脸，爱妻心切，表现无遗。到底是几十年的结合，快乐与痛苦都经过，如今长厮守，足见情深。

一直嚷着喝酒的配额已满，和倪匡兄一块吃饭时也见证了他滴酒不沾，但如今过于担忧，也开始喝起白兰地来。

或者是这个外星人洞悉天机，在他不喝的岁月中，看见了友人带来的好白兰地，不管三七二十一，都没收。

"你又不喝，藏那么多干什么？"我在他家看到架子上一瓶瓶佳酿时问。

倪匡兄只是微笑，不语。

这些酒，刚好用来慰藉近日的愁肠，一瓶又一瓶，已被他干尽。

那怎么办？只有去买了，市面上的所谓上好白兰地，一进喉即刻皱眉头，他说："这种酒怎么喝得下去？"

　　其实烈酒，一入瓶也就停止呼吸，不像红酒那么愈旧愈醇。老酒和新酒，又有什么分别呢？这是外行话，数十年前的XO，甚至VSOP，酒质极佳，那是欣赏的人不多，才会保持那种水平。如今大量饮用，哪来那么多好酒？所以大多数是乱七八糟勾兑成的，倪匡兄懂货，才喝不下去。

　　到酒庄去找，一瓶十年前的已卖到四五千元，二十年的达上万元，如果是特别年份的，更已是拍卖的天价了。岂有此理？有市就有价，你不买，国内人士抢着要。

　　不过倪匡兄也是能屈能伸，他向我说："喝普通伏特加好了，用你教我的方法，放在冰格里面，冻得像糖浆一般稠，也好喝到极点。"

吃鱼

倪匡兄想找老酒的消息，我一放出去，大家争着替他找。

好友雷蒙，更在他一些亲戚处找到，还用当年买下的价钱转售，用来赠送喜欢的作家，真感谢他。

翻开旧箱子，我也有几樽，送了过去。倪匡兄见到了，大感惊奇："这种白兰地已世上罕见，不能收。"

我笑着说："你就喝了它吧！"

"不行，不行。"他摇头，"这样吧，等有机会，一块干掉。"

真够朋友。

日前，有大好消息，倪太那难治的病，竟然奇迹般地医好，恢复得快，人已和病前一模一样地健康；只是有点遗憾，那就是有些记忆已从脑中消除，对于生病的那段日子，一点印象也没有。

"像电影的剪接，痛苦的那一段一刀剪掉，好极了。"倪匡兄说。

我们一群老友，听了也替倪兄倪太捏一把汗。

趁倪匡兄高兴，我即刻提出："那么再一起做一个清谈节目吧，有白兰地酒商资助，要喝多少好酒都得。"

"倪太病好了，我喝什么酒？"他咬了我一口。

说的也是，不做就不做吧，只要见他们夫妇快乐，说什么都好。

"那么可以出来吃饭了？"我又问。

"当然可以。"倪匡兄笑了，"我前些时候不跟你们吃饭，是因为我愁眉苦脸，谁喜欢见到这种人呢？既然一切都过去了，好，明天就去吃鱼。"

专家

本来想请倪匡兄夫妇去流浮山吃鱼的，但路途太远，担心倪太病刚愈受不了，最后还是决定去较近的鸭脷洲鱼市，那里可以在楼下买鱼，拿到楼上的熟食档去煮。

一到，倪匡兄看到那些野生的游水鱼，双眼发光，有一尾比目鱼方脷，大小刚好，姿态优美，鱼贩不断地推荐。

"你翻开来给我看看。"倪匡兄说。

鱼贩照做，腹部有黑色的斑点，他看了微笑走远。

"干吗？"我问。

"真正的方脷，腹部是粉红色的，有黑斑的肉一定硬，万试万灵。"他回答。我听了咋舌，什么鱼，都逃不过他的法眼。

看到海中虾，对路了，一大盘才卖一百块港币，他处绝对买不到。

有一尾红斑，甚是难得，虽贵，也便宜过海鲜餐厅很多。再来一大堆石松滚汤，一共有六七尾，高级得很。中间还夹了三条黄脚鲔，虽不像流浮山钓的，只是网来，不过也是野生，比手掌还大，也买下。迷你象拔蚌也要了，肉应该比大型的加拿大象拔蚌柔软和爽脆。

见有螃蟹，问要不要，他摇头，说咬不动了。

一直要找那种叫油惑的方形小鱼，上次来试过，香甜无比，但怎么看也看不到，当天我们去时已是晚上六点，太迟了。

有一尾浅黄色、带直条纹的鱼，一斤多重，问叫什么？鱼贩回答为皇帝鲔，倪匡兄笑说："七十多岁的人，还有没见过的鱼。"

拿了一大堆胜利品，走上二楼。

痛
快

二楼有家叫"栢记"的，专为客人做自己买来的海鲜，主掌柜档的是一位女子，身材高挑，长得清清秀秀，人家都叫她为高妹。

"怎么做？"她问。

"全部清蒸。"这是倪匡兄标准的答案。

那么多的虾一下子吃光，清甜得要命，不是养殖的能有的味道。皇帝蟹上桌，倪匡兄试了大赞，说意想不到。名贵的红斑跟着上桌，但被便宜得多的皇帝蟹比了下来。

三尾黄脚蟹一人只够吃几口，倪匡兄最高的纪录，是一人连吃十一条。

石松煲汤，清甜无比。

迷你象拔蚌用蒜茸和粉丝来煮，肉一点也不老。还有一些比东风螺还小些的细螺送酒，也不错。

以为买了那么多鱼已够吃，原来胃还有空间，我就到"栢记"的档口看看。哈哈，给我发现了找不到的杂鱼仔油惑，用豆酱和梅酱蒸了，一大盆上桌，有二十几尾。倪匡兄吃完说比起名贵的大鱼，有过之而无不及。

倪太一路不出声，只是埋头大吃，本来要留她爱吃的鱼头给她，但倪匡兄担心她大病初愈，不小心的话鲠到骨头，只是拆下鱼的面珠灯给她享用。

又用豉椒炒了一碟大蚬，再加上一大碟海鲜炒伊面，才肯罢休。

埋单，也便宜得令人发笑。这一顿吃得痛快，是大家的评语。

"栢记"只做晚上生意，从六点到深夜，要去最好先订座，如果七八点才光顾，就先请店里把鱼替你买妥。

专门介绍餐厅的澳门报纸《品报》的老板周义，相识多年。他说："有一家很特别的私房菜，叫教主私馆。"

"教主？"我笑问，"什么教主？罗马教主？"

周义说："主厨是一个叫叶圣欣的人，胖子一个，留着大胡子，样子像日本真理教的麻原彰晃，所以大家都叫他教主。"

两层建筑，装修得简单雅致，叶圣欣从厨房中走出来。乍看之下，因为他留着胡须，人又胖，是有点麻原彰晃的影子，眼睛大大的，很可爱。

同时出现的是他的父亲，也一样胖，就是不觉老，和他父亲一比，才知道他很年轻，别给那胡子骗去。教主小时到外面流浪，认识多国食材，深入研究，加上跟过多位名厨，根基扎得极好。

今晚做的汤有两种选择：法国有机鲜茄野菌和黑猪杨桃川贝

鳄鱼汤。前菜是西班牙黑猪油黑松露酱跟法国棍包。头盘三道：教主手打奶酪、蟹身酒糟胡椒香球、法国野菌长脚蟹肉挞。主菜四选一：吉品三十六头鲍鱼扣澳门大菇、大虎虾二吃、陈皮炖野生水鱼、法国海鲜拼盘。第二道主菜二选一：西班牙黑猪猪油手打面、腊味蒸饭。甜品有木糠布甸、芝士蛋糕和陈皮川贝炖新奇士橙。

每客澳门币五百六十元，有钱赚吗？问父亲。

他慈祥地说："澳门的年轻人都去当荷官，儿子有心做厨子，我当然支持，不亏本就是。"

地址：澳门新口岸皇朝区洗星海大马路南岸花园第一座 323号地下。

群
马
知
事

日本经过地震和海啸，观光业大不如前，如今他们主动出击，分开各个县来四处宣传，派出的并非什么观光局长，而是县的知事。

知事就等于当地最高领导人，这次派出的是群马县的大泽正明，带着四五十人的大团队，多数是旅馆的老板和女大将。

"仙寿庵"的掌门人也来了，我认为它是温泉旅馆中的一颗宝石，真想不到乡下地方还可以找到那么好的，每间房都有私人浴池，甚为难得。

初次见面，大泽知事问我："您到过群马县吗?"

我如数家珍地说："群马离东京最近，才一两个小时路程。盛产各种水果和蔬菜。温泉区最多，有草津、四万、伊香保、水上温泉等等，还有养的洲牛、福豚也出名，做的牡丹锅最好吃，还有阔条的面，叫 Okirikomi。"

大泽大赞："果然详细。"

"去过十几次了。"我笑着说，"这都是靠你们观光局的一位田谷昌也。我去考察时，他日夜陪我到处找，才发现仙寿庵那家旅馆。还有旅笼旅馆，在深山中，好像穿过时光隧道，和数百年前的建筑一模一样。"

"你去过哪些果园？"他又问。

"到过不少，印象最深的是阳一郎园，那里四季都有各种水果，到了冬天有最好吃的草莓，园主还买了一辆福士车，车上涂了一个绿色的梿，全车通红，扮成一颗大草莓。"

"你对群马的观光，还有什么好建议？"知事再问。

我说："最好是在香港设一个群马的物产店，把最新鲜的肉类和蔬果空运来，价钱便宜点，香港人会对群马的认识更深，就会有更多人去了。"

国家广告

如果你像我一样，喜欢看外国收费电视台的话，就会常转到一个叫 TLC 的频道。这是 Discovery 公司的分支，以美食和旅行为主。

而在这个台打的广告片，多数是各国观光局拍的，有的只是些美景，看完留不下什么深刻的印象。

每个国家都重视旅游带来的收入，拍起广告来下重本，像中东国家的，拍得美轮美奂，可惜分不出是迪拜还是阿布扎比。

广告时段费并不便宜。次数最多的印度和马来西亚，配上主题曲，也打着一个口号，前者是 Incredible India（无法置信的印度），后者是 Malaysia Truly-Asia（马来西亚，真正的亚洲）。画面不断更换，但主题曲和口号是一样的。

的确有用，外国人看了都会产生到这两个国家去的冲动。尤其是印度那个，拍一位年轻游客坐在路旁，写明信片回家时，记忆回到泰姬陵、湖上皇宫、穿沙笼的少女，儿童向他撒五颜六色的香粉等情景。

马来西亚那个，将热带森林、双子星大厦、奇花异草、野生动物、马来人、中国人和印度人的融和，美食的诱惑，优美的舞蹈和劲爆的迪斯科对比强烈，呈现出什么都有的亚洲。

另一个厉害的是韩国。韩国人做事总是那么拼命，广告一个接着一个，从不用老片段，全部重新制作，针对年老和年轻的游客。我最佩服的是，他们不必用大明星招徕，派出了总统，金大中笑着面对镜头："请大家来玩吧！"

奥巴马和野田佳彦，肯那么做吗？

也
谈
筛
乃

　　看蒋芸写"筛乃",有感。虽说这两个字是闽南语,但听福建人交谈,没用过,应该是台湾本省话中独有的字眼。

　　正如蒋芸所说,有撒娇、"放电"的意思。这一招台湾女子用得绝了,是天生的,模仿不来。六七十年代香港男人到了台湾,都被迷倒,因为香港女子不懂这一套,可能是遗传因子不存在。

　　也不是个个台湾女人都行,基本条件是面目姣好,来一个吕秀莲,一百辈子也筛乃不出。阿扁在狱中的惩罚,远远不及吕秀莲在他身边的唠叨。

　　林青霞、林志玲和胡因梦筛乃起来,才能成立。印象中筛乃起来最厉害的,还是陆小芬,她不只在眼神、眉目、举止之中都充满了女人味,说起话来,更是不经意地筛乃。当年,她来香港拍戏,初次见面就向我说:"蔡扬名导演叫我找你,说要请你照顾我。"

"怎么照顾法?"我问。

她瞪大了眼睛,天真无邪地:"当然里里外外,都得照顾呀。"

换一个男人,可能把持不住,我只是非常欣赏,止乎礼,至今还是好朋友。她的筛乃,可能是蒋芸所说的:对长者安慰式的。

筛乃除了天生,传统占一大部分,文化也有关。苏州女子的每一句话,都是以请求对方同意开始,连骂人也一样,就是无比的筛乃了。

至于蒋芸说的蔡英文,我一向以貌取人,对这个长相平凡的、说话又一点女人味也没有的雌性,并无好感。

电视上看到她和马英九做一场辩论,蔡英文简直是一个雄赳赳的男子汉。反观她的对手马英九,苦口婆心,间中还夹了一点筛乃呢。

旅行伴侣

长途旅行之前，我会预先把好几部还没看过的电影和电视剧放进 iPad 之中，到了酒店，睡不着，拿来慢慢欣赏。但看电影电视会厌，读书则没这问题，旅行的最佳伴侣，还是读了又读的金庸小说。

最近常上微博，聊的话题最多的是金庸小说中的各位主角。发问的都是年轻人，可见查先生的作品仍有很大的影响力，也知道大家除了电视之外，还是看书的。

最常提到又最笨的问题为：杨过怎么剃胡子的？请代向金庸先生请教。

哈哈。他只是独臂，又不是双手皆失，也就不答。

也有很高智慧的，探讨人物的内心深处，我一一回复了，从中选出几位，请他们当"护法"，挡掉一些脑残的恶言秽语。

看金庸小说的人，有自己的一套语言。他们有各自喜欢的作品，喜爱的角色也人人不同，大家欣赏的角度有别，但讨论起来不会面红耳赤，更没有像拥护偶像一般地争吵。

从大家的言论之中，也可以觉察看小说与看电视剧有很大的分别，高低一下子显出。

看了电视剧而找原著来读的不乏其人，相反就寥寥无几。到底，电视剧给我们的是固定的形象，失去了看书的想象力。

东方的电影电视，编导的知识水平和制作费与西方有很大的距离。但愿有那么一天，能够出现像《魔戒》一样的特技水平，那么旅行时才把书放下，在 iPad 上一集又一集地追看。

到时，又是不休不眠，回到盖着被单，照着电筒，初看金庸小说时的年代。

　　微博网友时常问到关于网恋的问题，担心网恋不真实、不可靠。

　　其实，通过网络服务找寻对象，和在街上、餐厅或酒吧认识的并没有分别呀。

　　最初，大家寂寞，在聊天软件上加入异性网友，天南地北聊个不停。说得投机，便相约见面，一段感情便酝酿了起来。

　　但失败的例子居多，见了面之后，最常见的反应是："天呐，这个人怎么那么丑，和照片上的完全不一样？"

　　当然啦，在网上刊出的照片，选的是最好的一面，就连我们在杂志上看到的明星艺人，真人一见，大倒其胃的也居多。

　　一次又一次的失望之后，加上新闻总是报道骗子如何在网上骗财骗色，更令人对网恋失去信心。

　　现在有了微博最好，看到照片被吸引，可先将对方关注，每天看他（她）们发表的短文，从中了解大家的个性。

觉得有趣，也可以说出一些自己的观点，如果对方也同意，便一步一步发展，到互相发出私信，交换手机号，相约见面，最后成为情侣的例子也有。

最重要的，是把自己最真实的一面表露出来。真面目示众又如何？相貌是父母赐予，不应为讨好别人而改变。如果不够自信，就努力看书，增加自己的内涵，多写精彩的文章，日子久了，就会有人欣赏。

每次有人问我，赞不赞成在网上交友，我都回答：这和我们小时在杂志上，登个征友，互相通信的情形，有什么不同？

骗人或被骗，网络没有错，错在你自己很蠢罢了。

牛肉丸

在香港吃牛肉丸，吃出一肚子气来。第一，硬邦邦，一点弹性也没有。第二，满口是粉。第三，也是最致命的，没有牛肉味。

好的牛肉丸店铺实在不多，手打的牛肉丸更是罕见。从前花园街那一档，还看到几位工人在手打，如今的都是机器。如果能从汕头进正宗的货来卖，已算好事。

所谓手打，是要将牛后腿肉用刀将筋去净，再切成方块，放在一个两人合抱般大的砧板上，由师傅左右手各握一把一点五公斤的铁棒，不停用力敲烂。

打成肉浆之后，放进大锅中，混入精盐和生粉，好的铺子生粉下得极少，但好或坏，不加味精是骗人的。

继续把肉浆拌匀，挤出肉丸，扔入温水中定型，这时的肉丸并不全熟，要再煮过才能吃。一般的，煮得熟放久的，已失真味了。

这么繁复又辛苦的工作，叫可以拿综援的香港人来做，死都不肯。即使老板命令，这个步骤也要减一些，下个程序省一点，成品当然又像开头所说的那样又硬又无味。

这时就想起在汕头吃的牛肉丸了。那边还可以找到廉价的劳力，制作认真，顾客知道谁做得好，就去买那一家的，不上水平做不了生意。

而且，牛肉丸粿条是潮汕人典型的早餐，这么多年来累积的经验，当然好吃。不过随着生活水平的提高，却出现不少劣货，这和在台湾吃贡丸一样，如果你找到一家适合你的，今后认准它，不断光顾好了。

但总有一天，你会发现连这家买熟的店子也不行了，那你不能怪人家做得不好，是年轻一辈不懂得吃和不要求的错。

AV Player

近年好电影愈来愈少，花了好多时间追看外国连续剧，但影碟出得太慢，通常要等整季节目播放完了，再等一年半载才有得买。等得不耐烦，唯一办法，是从网站下载。当然这是不合法的，并不鼓励大家这么做，我是抱着专业精神去研究，向大家报道。

翻版影碟最差劲的是字幕翻译得一塌糊涂，好戏都给破坏掉了。既然大家都买翻版，就不如找其他途径。

从谷歌或百度，可以找到"人人影视"和"猪猪论坛"这两个大网站来下载，什么电影和电视连续剧都有，而且制作认真，有专人正确地翻译出日本、英文、韩文和其他语种的字幕，非常之准确，而且道出外国典故的出处。

这些人无事生非吗？不，不。是一门大生意，工作做得好，看的人就多了，看的人多了，就有广告收益，道理就是这么简单。

但是如何下载，是需要经过几个程序的，年轻人一学就会，固执老头就得靠儿子和孙子，或者雇用手下了。

看外国电视剧时，可使用"加速功能"，将播放速度提升一点五倍，简单说明，一节四十五分钟的连续剧，半小时就能看完。

以最近的《绝命毒师》（Breaking Bad）为例，每季十三集，至今已播至第四季，一共为五十二集。使用这个功能，可以为你节省十三个小时。一年下来，看那么多集，可以省多少时间，你自己去算好了。

如果用 iPad 来看，可以在 App Store 买一个 AV Player 来下载，售价二点九九美金。这个 AV 是音响（Audio & Video）的简称，并非四级片的 Adult Video，你喜欢后者的话，可以用"减速功能"，慢慢欣赏好了。哈哈。

　　还有一部很突出的电视剧，叫《黑道家族》，HBO 出品，来头不小，由名导演马丁·斯科塞斯（Martin Scorsese）监制，背景为美国禁酒的年代。

　　当然离不开黑社会人物，为斯科塞斯的拿手好戏。制作方不惜工本，把整个大西洋城的码头都搭了出来。去过那里的人，都对那木地板有深刻的印象，电视剧一一重现。服装道具都考据严谨，角色的挑选更是精心，依照角色的个性，用的都是演技精湛、外形配合的好演员。

　　男主角史蒂夫·布西密其貌不扬，牙齿亦不整齐，但有很强的个性。此君为科恩兄弟爱将，几乎所有电影都会留一个角色给他，在《冰血暴》一片中，更留给观众很深的印象。这部戏里演亚兰特城的一个老大哥，控制黑白两道，连政治也为他操纵。演他弟弟的叫迈克尔·皮特，样子虽不像詹姆斯·邦德，但最有他的反叛神韵，是位不可多得的演员，今后的发展是前途无量的，大家等着看好了。迈克尔·皮特和伊娃·格林一起在《戏梦巴黎》一片中大放光芒，可惜再也没有出头机会，借了这个电视剧，一定会成为一个大明星。

女主角们都是又会演又可以脱的女人。好莱坞制作之中，不但是电影，当今的电视剧也充满了血腥和性爱，走进了家庭。

小孩子也已经见惯不怪，他们有足够的智慧，知道这不过是戏罢了。看不懂的话，对他们没有影响，看得懂，他们已是大人，有资格欣赏。

这又令我想起，在北欧友人家中看电视时，妖精打架场面出现，孩子们向父母嚷着："还是转到卡通台吧！"